ウル
インジャオ
kono
iku michi wa
akarui
michi
NAHAaTO / ill・Note Takehana
JN101889

この行く道は明るい道
kono iku michi wa akarui michi
ナハアト
イラスト・竹花ノート

アドル

行道明道（いくどうあきみち）

この行く道は明るい道

kono
iku michi wa
akarui
michi

ナハァト

kono

iku michi wa

akarui

michi

プロローグ

俺には六人のちょもだ……噛んだ。

舌が痛い。

…………テイク2。

俺には六人の友達……いや、この表現はどうなんだろう?

本人たちが知ったら、もっと深く繋がっていると文句が出そうな気がする。

となると、親友、と表現しておいた方が適切な回答かもしれない。

…………テイク3。

俺には六人の親友が居る。

男女合わせての全員同い年で、中には小さい頃からの付き合いが今も続いているのも居た。

その内の一人、「火実(ひさね)　詩夕(しゆう)」。

男性。黒髪黒目のイケメン。

性格良し。成績良し。運動良し。完璧。

モテる。非常にモテる。
羨ましくなんか……いや、羨ましい、と自分に正直に生きていこうと思う今日この頃。

その内の一人、「杯（さかずき）　常水（つねみず）」。
男性。黒髪黒目の短髪武人。そう武人。
非常に頼りになるお兄さん的……いや、お父さん……どっち?
本人はどっちでも構わないとか言いそうだけど。
水連という双子の妹が居る。

その内の一人、「舞空（まいぞら）　天乃（あまの）」。
女性。ふわふわの黒い髪に少し茶色い目が似合う、可愛らしい顔立ちの天使。（周囲の意見）
そう思われるのもわかるくらいに、誰にも分け隔てなく接する事が出来るのは凄いと思う。
でもまぁ、「最近太ももがぁ……」と呟いている姿を見るので、天使ではなく普通の女性なのは間違いない。

その内の一人、「神無地（かんなじ）　刀璃（とうり）」。
女性。黒髪黒目で、短髪が似合う美人。
鋭い目付きで、睨まれると凍るとか言われているけど、凛々しいだけだと思う。

親友たちの中で一番付き合いが長い。
俺に対してお姉さんぶってくるのは……それだけ俺がだらしないと思われているのか、それとも
誕生日が先だからなのか……悩む。

その内の一人、「風祭(かざまつり)　咲穂(さきほ)」。

女性。黒髪黒目で、くせっ毛の可愛らしい顔立ち。

というか、背が小さく、同い年のはずなのに見た目が子供っぽいためか、小動物のようだと毎日
色んな人に可愛がられている。

ただ、本人は認めていない上に、安易に背の事に触れるとキレるので気を付けないといけない。

年相応の扱いをして貰えない件については……少し諦め気味っぽい。


その内の一人、「杯(さかずき)　水連(すいれん)」。

女性。黒髪黒目で、人形のように非常に整った顔立ちの超絶美人。

ただ、人付き合いが苦手……というか俺たち以外と積極的に話そうとはしないので、なんだろう
……控えめ？　な性格かな？　……でも、譲らない時は譲らないんだよなぁ。

その名が示すように、常水の双子の妹。


という六人の親友たち。

お互いに結構なんでも知っているような間柄になっている、と思う。

……まぁ、その中の特定の誰かには言えないような秘密を抱えているのも居るには居るけど。

とにかく、仲が良いという事だけは間違いない。


高校二年生の冬。放課後。

「という訳で、なんか指導の先生に呼ばれたから行ってくるわ」

「進路の話かな？　それじゃ、僕たちはここで待っているよ」

「いや、別に先に帰ってくれても良いんだけど？」

俺がそう言うと、詩夕は常水たちの方に振り返って、直ぐに俺に視線を戻す。

「うん。誰も先に帰るつもりはないみたい。待つって」

「いや、待って！　ほんの一瞬だったけど、それだけでやり取り出来たの？　え？　もしかしてコンマ数秒で会話が行われた？　……俺も出来るようになりたいんだけど、どうやったら出来るようになる？」

「いや、表情で判断しただけだよ」

なるほど。

それなら俺でも出……………………いや、待て待て。

いきなりやって出来ませんでしたとなったら、天乃とか水連が怒って、わかるようになるまでにらめっこね？　とか強制イベントが起こりそうだ。

まずは密かに練習してからにしよう。

「まぁ、明道はわかりやすいよね。表情というか、動きによく出るし」

「そういうお前もな、咲穂」

お？　お？　と咲穂と睨み合う。

天乃と水連が、まぁまぁと宥めてきた。

「というか、先生に呼ばれているのだから、早めに行った方が良いぞ」

「そうだな。早く終わらせれば、その分、早く帰れる」

常水と刀璃に言われて気付き、じゃあ、さっさと終わらせてくるわ！　と詩夕たちに向かって手を上げながら教室を出る。

そうして廊下を進んでいくと、体育教師で担任の……先生に会う。

「ん？　鞄も持たずに一体どこに……って、確か小野先生に呼ばれていたな。進路指導室で待っているはずだから、早く行けよ」

「わかっていますって。今向かっているところですから」

軽く頭を下げて、さくさく向かう。

それにしても、そろそろあやふやだった今後の進路なるモノを真剣に考え、それに合わせた行動に移していかないと間に合わないかもしれない時期に入ったようなモノだ。

モノモノモノモノ煩いけど、気にしてはいけない。

いや、気にしないと思った時の方が多くなっているようなモノだから、結局は自分で煩くしたようなモノか。

…………………反省。

あぁ、全く以って言葉というのは難しい。

とまぁ、色々と横道に逸れてはみたものの、時間の流れは平等で、進路が勝手に決まるという訳でもなかった。

進路指導室。

「あと書いていないのはお前だけなんだから、さっさと書いてくれ」

名前は……さっき担任が……なんだっけ？　……いや、もう良いや。

進路指導の先生が机の上の、俺の目の前に置かれている進路調査票を指差して、そう催促してきた。

しかし、催促されても書けないモノは書けないのだ。

そもそも、一番の問題として、進路と言われてもどこに向かえば良いのかがわからない。

進学？　就職？

これから自分のなりたいモノというのが想像出来ていない訳で……行動の先の結果がわかるような力が欲しい、今日この頃。

「あいつらを教室に待たせているんだろう？」

「まぁ、そうですね」

あいつらというのは、俺の親友たちの事である。

それにしても、進路指導の先生がどうして俺の交友関係を知っているのだろう？

まぁ、普段から一緒に居るし、俺以外は目立つ人物ばかりなので、知っていてもおかしくないし、知っていて当然というモノか。

しかし、そんな親友たちと一緒に居るからこそ、逆に目立たないはずの俺を認識しているとは……この先生、出来る。

「……お前、馬鹿な事を考えていないか？」

「いいえ、滅相もございません。敬愛している進路指導の先生を馬鹿になんて！」

「だが、先ほどから俺の事を『進路指導の先生』としか呼ばないのは何故だ？」

「…………」

「……俺の名前を言ってみろ」

「…………」

「…………」

「…………政吉？」

「勝手に改名するな！　というか、こういう場合は普通苗字だろ？　それと、小野だ、小野一郎！

……全く、もう今日のところは進学、もしくは就職と簡潔に書いておけ。それで終わりにしておくから、次までにせめてどっちかに絞っておいてくれ」

「了解です！」

さすが、生徒から人気のある先生！　話がわかっている！

確か、担任もそれなりに人気があったような……いや、今は関係ない。

さらさらっと書いて……先生に渡す。

先生は疲れたように頭を掻き、さっさと行けと手をおざなりに振ってきた。

これで帰れると、俺は意気揚々と進路指導室を出て、親友たちが待っている教室へと足早に向かう。

いや～、待たせておくのも悪いし。

教室がある廊下まで辿り着くと、異変に気付く。


光ってた。


何か、教室の中から光が溢れ出ている。

…………。

……化学の実験？

いやいや、そんな馬鹿な。

本当に一体何事だろうと駆け出す。

頼むから、全員無事でいてくれっ！

願いを込めてドアを開け、光の中へと突入する。

…………。

…………何故か、平原と呼ぶのが相応しい、そんな場所に立っていた。
草が俺の腰くらいまで生長しているので、足元が見えない。
というか、周囲を見回しても誰も居ない。
俺がポツンと一人。
…………。
…………あっ、風が気持ち良い。
…………。
「Ｒｅａｌｌｙ？」
これまでの人生で一番上手く発音出来た気がした。

第一章　何事も準備万端で挑める訳ではない

1

待て待て。一旦落ち着こう。
こういう場合、まずは状況確認だ。
周囲の風景から情報を得る。
草、草、草……。
草、草、木……。
草、草、山……。
遠くに森があって、山もある。
俺の周囲は手入れも何もされていない草原。
この風景を言葉にするのなら、大自然。
「だーいーしーぜーんー」
思わず叫んでしまった。

でも、全力で叫ぶ機会なんてそうそうないから、なんかちょっと気持ちいい。

それに、叫んだ事で少し冷静になった。

なんというかアレだよね。

こういう場所を草刈り機とかで爆走すると……気持ち良さそうだなぁ……。

ガーッと行って、バッと振り返れば……なんかやってやった感があって、フッとニヒルな笑みを浮かべそうだ。

他にも、地上絵とか描いてみても良いかもしれない。

まぁ、高い場所から確認出来ないという時点で、歪みまくる事間違いないいんだけど。

いや、そもそも草刈り機をどこで用意すれば……。

…………。

…………現実を見よう。

ここは立派な草原で、遠くに森や山は見えるけど、建物とかは一切見えないような場所。

でも、逆に考えてみようか。

これだけ立派な自然があるって事は……ここは一種のパワースポット的な場所ではないだろうか？

自然の息吹が……力が……この場所に漲（みなぎ）っている、的な！

しかも、周囲に建物というか人工物が見当たらないって事は、誰も居ない。

バッ！　と両手を空に向かって高々と掲げる。

おぉ、大自然よ！　俺に力を！

………………。

…………。

なんか力が漲ってきたような気がしないでもない。

試しにシュッと拳を前に突き出す。

何も起こらない。

まだ現実を見ていなかったようだ。

でもなぁ……なんでこんなところに居るのかさっぱりわからない。

そもそも、俺が飛び込んだのは教室だ。

なのに、居る場所は草原。

これは夢なのだろうか？　と考えて、ぺちんと頬を叩く。

……痛い。

もう少し力を弱めればよかった。

でも、痛みで現実だとわかる。

となると、この状況の答えを導くためには、もっと視野を広くして考えないといけない。

……科学力が瞬間移動出来るまでに進化した？

たとえば、授業を受けている間に宇宙人が来て、革新的な技術がもたらされ、それを直ぐに教室の扉に設置。

うん。まずありえない。

どうやら思考の方向性を間違えてしまったようだ。

それにそこまで科学力が進んだのなら、変身ベルトや魔法少女ステッキに、ブンブン振り回せるセーバーとか、そういうのが作れるんじゃないだろうか？

けれど実際にあったとして、手に持ってみると……怖いと感じるかもしれない。

まぁ、俺はどちらかといえば攻撃より守備の方が好きだから、別に良いけど。

でもそういう事だったなら、もっとＶＲ技術が進歩して、そういうゲームが出れば……ちょっと待って。

……もしかしてこれ、ＶＲなんじゃ？

あれ？　答え、出してしまった？

確認のため、そこらを一周してみる。

うん。何もぶつからない。

机とか椅子はない、という事だ。

つまり、風景そのままが現実で、ＶＲではない訳か。

となると、あと思い付くのは……ラノベとかである異世界転移、とか？

…………………バッ！　と太陽を見、ない！

危なかった。直視は危険。

手で視界を少し遮りながら確認。

……一つ。他には見当たらない。

念のため、ぐるっとゆっくり一回転して……なし。

ハッ！　と直上を見て……なし。

どうやら、太陽は一つで間違いない。

いや、それだけで判断するのは早計か。

でも仮に異世界転移だったとして、どうして俺は一人なんだ？

親友たちは一体どこに？

普通は同じ場所に居るはずなのに、別々になっている？

考えられる理由としては、位置かタイミング？

教室が中心地で、俺が居たのは端っこ。

タイミング的に俺が最後なのは確か。

総合的に判断すると、親友たちが本命で、俺は巻き込まれた？

だって俺が教室に駆け込んだのは、光っていたからだし。

そう考えるのが一番しっくりくる。

……しっくりきたとしても、状況は寧ろ悪い。

本当に異世界転移が正しければ、こんな何もなく、なんの指針もない状態で、ポツンと一人って
……普通に終わりじゃない？

とりあえず、今持っているモノを確認。

……シャーペンと消しゴムしかない。

財布とか携帯は鞄の中で、その鞄はどこにもなかった。

正に着の身着のまま。

……でも、諦めたら駄目だ。

もし、親友たちも異世界転移していて、同じような状況だったとしても、きっと同じような結論を出して、それでも生き抜こうと努力するはずだ。

会うために。

だったら、俺も親友たちと会うために、生き抜く努力をするべきだ。

手を前に出す。

「……頑張れ、俺！　ファイトォ～……オッ！」

小さく体を沈め、拍手で自分を鼓舞する。

すると、後ろからガサッという音が――。

バッ！　と振り返って確認。

「…………なんだ、兎か」

癒しの小動物に、心がほっこり。

そのまま見ていると、這うようにこちらに近付いて来る。

ピョンピョンじゃないんだ。

…………。

…………。

あれ？　這うっておかしくない？

それに、よくよく考えてみると、俺の周囲にあるのは腰くらいの高さの草ばかり。

小動物サイズの兎がその草の上に居るって、ビジュアル的におかしくない？

……その下、どうなっているの？

棒でも付いているのかな？

手足が異様に長い……はちょっと気持ち悪い。

そんな事を考えている間に、兎が一気に跳躍する。

よかった！　手足長くない…………と思ったら、その下に熊が居た。

正確には、背丈が俺の倍くらいあり、しかも手足が合計六本ある、兎の皮を頭に被った熊。

どう考えても、地球には居ない生物。

うん。ここ、異世界。

熊はだらだらと涎を垂らし、その涎を拭きながら、へへ……久々の獲物だぜ！　と言わんばかりに俺をロックオンしている。

「美味しくないよ」

「…………」

残念。どうやら言葉は通じなそうだ。

俺のコミュニケーション能力に問題があるのかもしれない。

いただきます！　と襲いかかってきたので、生存本能の赴くままに逃げ出した。

追い付かれたら確実に死ぬよ、と生存本能が訴えかけてくる。

走れ！　走れ！　足を動かせ！

えぇい！　草が邪魔だ！

ガサガサと草を掻き分けながら走る。

というか、もう一つヤバい事があった。

……恐怖で漏らしそう。

今のところは耐えられているけど。

どう考えてみても、捕まったらアウトだ。

――直感！

に従って、しゃがむ。

頭上をブオンッ！　と何かが通り抜ける。

状況から考えて熊の手。

惜しい、と熊が爪を使って器用にパチンと鳴らす。

「……今、当てる気だった？」

うん、と熊が頷く。

あれ？　通じたの？

「ガアアァァッ！」

通じても嬉しくないけど。

いや、違う。

通じるのなら、見逃して貰うための説得が出来るかもしれない。

「俺、助かりたい」

首を振られる。

「助けて下さい」

首を振られる。

「他の獲物を用意するから」

首を振って、自分を指差し、俺を指差して、カチンと一噛み。

えっと、俺が、お前を、食べる……と。

「食べられてたまるか！　ばーか、ばーか！」

土を掴み、熊の顔に向かって投げる。

即座に立ち上がってダッシュ！

とりあえず森だ！

森まで逃げれば、隠れる場所があるかもしれない。

あとはなんか投げて注意をそっちに引ければ……さすがにシャーペンや消しゴムじゃあ無理かな？

制服は……この状況でなくなってしまうと風邪を引くかもしれないし、最終手段にしておこう。

——直感！

今度は横っ飛び。

ぐるぐる回って立ち上がって確認。

俺が居た場所に、熊の手が振り下ろされていた。

セーフ！

今日の俺は冴えているかもしれない。

逃げ切れるかもしれないという希望を胸に再度駆けようとして、踏んでいた草で滑ってこけた。

…………おぅ。

振り返って見てみれば、残念だったなと熊が笑っていた。

ムカつく。

悔しいけど、ただでは食われてやらん。

食われそうな瞬間、刺してやるとシャーペンを握る。

「ガアアアァァァッ！」

熊がいただきますと叫びながら襲いかかって来る。

あとはタイミングを合わせてシャーペンを——と構えた瞬間。

「ＹｒｓｒＫ！　ｋｎＫＭＮｔｋｓＵｇ！」

そんな叫び声ではなく、何かの言語のようなモノが聞こえた。

熊がビクッ！　と反応したかと思うと、頭上から何かが降ってきて、熊が両断される。

両断された熊の向こう側に、顔まで隠れている全身鎧の人が居た。

その手には大きく長い……大剣？　が握られていたので、アレで熊を両断したんだろう。

「…………………うぅ」

冷静に見れたのはそこまで。

もう無理。

両断された熊の内臓を直に見て気分が悪くなり、四つん這いになって吐く。

うぇ～……気持ち悪い。

……途中からある事に気付いて、吐き真似をする。

安心するのはまだ早い。

熊がやられたからといって、新たに現れた全身鎧の人が味方とは限らないのだ。

隙を見て、逃げよう。

……駄目だった。

吐き真似だと気付かれたのか、直ぐ傍に立たれる。

何やらジッと見られている感じ。

そうだよね。吐いているはずなのに、口から何も出てこないんだから、真似だってわかるよね。

トランプでもあれば、口から出すマジックで時間を稼ぐのに。

出来ないけど。

でも待てよ。

確かに味方とは限らないけど、敵とも限らない訳だ。

ここは一つ、確かめてみるしかない。

そう考えて、立って全身鎧の人と対峙する。

第一印象は……なんか武人って雰囲気。

こう、内から溢れる的な。

でもそうだとしたら……たとえば、貴様のような熊も倒せない軟弱な者が、このような地で生きていける訳がない。よし、一思いに介錯してやろう……みたいな行動をしてくるかもしれない。

その場合、辞世の句とか読ませてくれるかな？

読ませてくれる場合でも、それはそれで迷うな。

異世界に来た事を嘆けば良いのか、親友たちに会いたい思いを綴れば良いのか、素直にさっき吐いてスッキリした事を呟けば良いのか……悩む。

悩みながら全身鎧の人を見ていると……なんか違和感。

なんかこう……一部がスッとし過ぎていない？

いやもちろん全身鎧だから全体的には普通なんだけど、指先とかがこう……肉感的ではないというか、触ったらベコッて沈むような気がする。

サイズが合っていないのかな？

実は背伸びしたいお年頃の子が鎧を身に纏っているとか？

……俺よりも大きいし、それはさすがにないか。

……………って、鎧！
つまり、人の手で作られた人工物！
という事はもしかして、この全身鎧の人に付いていけば町に辿り着くんじゃ……。
連れて行ってくれるかな？
それとも、奴隷制度があって売られるとか？
どうしようかと思っていると、その全身鎧の人がポンポンと俺の肩を叩く。
「ＤｉｚＵｂＫ？」
……………。
……………。
そっかぁ……色々考える前に、言葉の壁があるのかぁ……。
何を言われたのか、さっぱりわからない。
でも言葉なのは確実だし、諦めるのも早い。
もしかしたら通じるかもしれないという希望を持って、言ってみる。
「パ、パードゥン？」
「……………」
苦手な英語の拙い知識でそう返してみるが、返答はない。
でも沈黙なのは困った。
英語が通じないのか、それとも聞き取れなかったのか、判断が出来ずに悩む。

もう一度確認の意味も込めて、別の事を言ってみる。

「アイ、キャン、ノット、スピーク、ジャパニーズ」

たどたどしく言ってみた。

「…………………あ、間違えた。イングリッシュ」

「…………………」

そもそも通じてなさそう。

直ぐに訂正したけど、その必要はなかったようだ。

でも、これはある意味結果オーライじゃない？

凡ミスを凡ミスだと認識出来なかったって事なんだから。

……でも結局は、問題は何も解決していないという事になる。

さて、どうしたものか。

首を傾げる……全身鎧の人も首を傾げた。

向こうも悩んでいるのかな？

仲間ですね、俺たち。

なんかこう、お互いが困っていると仲間意識が芽生えるな。

目の前の全身鎧の人と仲良くなれそう。

まぁ、そのための言葉が通じないんだけど。

ボディランゲージ？　……それとも地面に絵でも描く？　と考えていると、ぐぅ～と俺のお腹が鳴る。

この正直者めっ！

思い返せば、放課後にこっちの世界に来たから……もう晩御飯を食べていてもおかしくないくらいは時間が経っているはず。

お腹が鳴るのも当然か。

そうだよね……食べる物もどうにかしないと。

このあと本当にどうしようかなぁ……と思っていると、全身鎧の人が何かを思い出したかのように手を打つ。

ちょっと鈍い音だった。硬い物同士をぶつけたような。

全身鎧の人は遠くの方にある森を指差し、次に自分を指差し、俺を指差して、口と思われる部分に手を当てて、何やら頭を上下に動かす。

最近その仕草を見た気がする。

思い出して推理するからちょっと待って。

…………。

……………ふむ。なるほど。

つまり、あの森に行って、俺が、お前を、丸かじり、という翻訳で間違いない。

……………安心出来る要素が一切ないな。

……うん。とりあえず言ってみるか。

「美味しくないよ」
「…………」
駄目だ。通じているようには見えない。
言葉だけに頼るコミュニケーションの限界か？
ここは一つ、ボディランゲージの導入を検討しないといけないかもしれない。
伝えられるまで時間がかかりそうだけど。
その時間はなさそうだ。
全身鎧の人が、俺を軽く抱える。
なされるがままというか、動きが全く見えませんでした。
俺の視力が悪くなったのか、全身鎧の人の動きが速過ぎたのか……多分後者。
いやいやいや、とジタバタと暴れてみる。
ビクともしませんでした。
寧ろ、よりしっかりと抱えられてしまう。
安定感が増して、どこか安堵……している場合じゃない！
この状況の打破を考え始めた時、全身鎧の人が一気に駆け始めた。
0から100って感じ。
「ぐえっ」
体にかかる圧力で潰れるんじゃないかと思ってしまう。

全身鎧の人は平気そうだけど、鎧だからかな？

出来れば、俺の事も考えて欲しかった。

風が轟々鳴り響き、流れる景色が速過ぎて認識出来ない。

ジェットコースターよりキツイ。

でも、それはほぼ一瞬の事……いや、何秒か……分？

実際の経過時間はわからないけど、体感的にはあっという間。

連れて行かれた場所は、森の中。

草原で見かけた森かな？

目をパチパチさせて周囲を確認すると、男女一組がこちらを出迎えている。

全身鎧の人の仲間かな？

この人たちに美味しく頂かれるのかもしれない。

でも、通じないとわかっていても声を大にして言いたい。

助けて下さい！　と。

でも今は言えない。

あっという間の速度だったからか、口の中がからっからら。

今は水分が欲しいです。

……待てよ。もしかしてだけど、この目の前の男女はどこかから逃げ延びていて、全身鎧の人は
その護衛で、食糧調達を行っていた……というのはどうだろうか？

そこで俺を見つけて……は飛躍し過ぎだな。

そもそも、もしそうだった場合は、あの熊の方を持って帰るだろうし。

肉の量は圧倒的に向こうが上だ。

となると、全身鎧の人とこの二人との関係は……さっぱりわからん。

ちょっと情報収集も兼ねて、大人しくしていよう。

食べられそうになったら全力抵抗だ。

そのための力を残しておかないと。

と考えていたら、地面に優しく下ろされた。

……あれ？

「SrD、kItdmtGiNIk?」

「Hi。StisrtBSNimstkR」

「SRZ、kRgKNSEKIw……」

なにやら話し合いを始める三人。

やっぱり何を言っているのかは、さっぱりわからない。

とっかかりもない感じだ。

……う〜ん。とりあえず、今は女の子座りみたいな姿勢なので、体育座りに座り直して様子を窺う。

どうやら、直ぐに食べられる事はないようだ。

でも、既に失敗している事に気付く。

体育座りだと、いざという時の初動に遅れが出る。

直ぐに別の姿勢にするのは怪しい動きっぽいので、もう少しこのままの姿勢でいる事にした。

それにしても、どうしてこんな事になったんだろう。

もし失敗があったとするなら……英語で尋ねた事か？

三人が話している言語は確実に英語じゃないし、日本語でもない。

それならもっとこう、アーハン、とか、オゥ、とか気分でそれっぽく答えていれば、違う展開になっていたのかな？

いや、今からでも遅くない。

となると、喉の調子を整えておいた方が……からっからだった。

それでもなんとか、ゴクリと喉を鳴らしておく。

ただこれは、諸刃の剣。

良くない時でも同意するように答えてしまう可能性がある。

たとえば、「どうやって調理されたい？」、「アーハン」、「何ハン？　あっ、チャーハンか？」、「アーハン」、「つまり炒められたいという事だな」という感じ？

……そこだけは気を付けておかないと。

ところで、森で待っていた男女の男の方。

なんか見るだけで高そうな服を着ているけど、何かの病気なのか、肌が白い。

それと、女性の方は頭に犬のような獣耳と、腰の辺りに尻尾があって、メイド服を着ている。

……俺の知識を紐解けば、獣人。

コスプレじゃないよね？

本物だと思うけど……もしコスプレだったのなら、是非とも他の衣裳も見せて欲しいとお願いしよう。

それにしても、この三人は何について話し合っているんだろうか？

やっぱり俺の事で、どうやって食べるかなのかな？

生、茹で、焼き……どれも悲惨。

どれでも美味しくないと言いたいけれど、コミュニケーションが取れない今の状況ではどうしようもない。

せめて……そう、せめて、塩胡椒くらいはかけて欲しいな。

いや待てよ。

言葉が通じないし、あんな熊が居るし、獣耳の女性も居るしで、ここが異世界なのは間違いないから、ここがラノベとかで出てくるような未発達の世界だった場合……塩胡椒があるか怪しくない？

どう見ても、目の前の三人は持っていなそう。

そこにこの状況を打破する何かがあるかもしれない。

考えろ……考えろ……。

……閃いた。

俺を調理するのは、塩胡椒を手に入れるまで待って貰うように交渉してみるのはどうだろう？

折角なら美味しくして欲しいとか付け加えて。

すると、塩胡椒を手に入れるまでの時間稼ぎが出来るから、その間に俺を食べようという考えが変わるかもしれない。

その間に友情を築く事だって不可能じゃない。

ただ、これは一つの大きな問題がある。

言葉が通じず、コミュニケーションが取れない今の状況では、どう伝えれば良いのかがわからない事だ。

さすがに塩胡椒をボディランゲージでどう表現すれば良いのかわからない。

…………詰んだ。

もう駄目だ……と思っていると、気付く。

あれ？　なんか話し合いに夢中だから、俺の事が意識になくない？

もしかして……逃げられるのでは？

思い立ったが吉日、という言葉があるように、まずは試しに動いてみる。

体育座りから、這うような姿勢に。

…………うん。こっちを見ていない。

いけるな！

そのまま地を這うようにして、近くにある茂みに向かう。

問題は音を立てない事。

茂みにそのまま突っ込むと、間違いなくガサゴソと音がするのは間違いない。

なら、茂みが途切れているところを目指して行けば良いだけ。

冷静に……冷静に……こういう時こそ冷静に……。

不意に影が差し、手の甲に雫が落ちる。

うわ～、なんかベトベトして気持ち悪いんですけど。

ペッ、ペッ、と手を振って見上げる。

……俺を丸呑み出来そうなくらい大きな蛇と目が合った。

「………………（ごくん）」

自然と喉が鳴る。

コミュニケーションは……さすがに取れないだろう。

……いや、いけるか？

でも、「美味しくないよ」と言い切る前にパクンといかれそうだ。

せめて蛇語でも喋れていれば……悔やまれる。

でも、喋れていても結果は変わらなかったかもしれない。

何しろ、熊の時と同じく、大きな蛇の目と舌の動きが語っている。

お前は獲物だから、まずは味見としてチロチロ舐めて、そのあとパクンといくから！　と。

くっ。這いつくばった状態なのが悔やまれる。

これでは即座に逃げる事が出来ない。

いや、大切なのは出来ると信じる事。

そのためのイメージを頭の中で思い描く事だ。

…………よし。ここは砂浜。ビーチ。

本来の力を発揮するためにはメンタルが大切だ。

緊張で力が発揮出来ませんでした、は死に直結するんだから、しっかりとイメージしろ。

…………。

………………行くぞ！

ビーチフラッグ開始のように、即座に体を起こ——そうとして固まる。

……居る。間違いなく、三人の内の誰かが俺の背後に居る。

「ＹｔＴ！　ＫｙＵｎＢＮｇＨＮｇ、ｍＫＵＫｒｙｔＴＫＴ！」

声質で、メイド服を着た獣人の女性だとわかる。

女性、一人しか居ないしね。

その獣人の女性がスッと俺の前に出て、大きな蛇と対峙した。

…………あの、そういう状況じゃないというのは理解しているんですけど、這いつくばっている身としては、その位置に立たれるとスカートの中が見えてしまうといいますか……ねぇ。

こちらとしては、生き残るために状況確認が必要なので、目を瞑る訳にはいかない訳で。

どうしても見えてしまうのは、不可抗力という事で許して下さい。

…………。

……………。

尻尾で見えませんでした。

試しに顔を右に……尻尾も右に。

顔を左に……尻尾も左に。

あれ？　俺の動き、読まれてる？

なんて事をやっていると、不意にゴトリと何か大きなモノが落ちる音が聞こえた。

音がした方に視線を向けると、長い舌をでろんと出した大きな蛇の頭部が地面に横たわっている。

次いでドサリと地を揺らす音。

視線を向ければ、頭部を失った大きな蛇の断面が見える。

突然のグロさに耐え切れず、気絶した。


「食わった！」

なんか勢いで目が覚めた。

……それにしても、酷い夢だ。

食べられそうになる自分を見る夢で……あれ？　俺、生きているよね？

周囲を確認……森の中。

しかも陽が既に落ちているので、真っ暗。
先がどうなっているのかわからなくて……見ているとなんか吸い込まれそう。
でも、直ぐ近くに焚き火があるから安心出来……焚き火ぃ～！
そこで思い出すのは、気絶した事とその前の出来事。
まさか……焚き火で俺を焼くつもりなのか？
棒に吊るしてぐるぐると回しながら、こんがりと俺を焼くつもりなのか？
いや、まだこんがりと決まった訳じゃない。
炙り焼き……もしくは、焼くというか葉物類を炒めるためであって、俺はレア？
一体どれだろうと諦めていると、焚き火の近くに居た獣人の女性と目が合う。
「…………………」
「…………………」
あの時の状況的に考えて、大きな蛇を殺ったのはこの女性だろう。
思わず首に手を当て、繋がっているかどうかを確認してしまうのも仕方ない。
……うん。繋がっている。大丈夫。安心。
ホッと安堵していると、獣人の女性がにんまりと笑みを浮かべた。
「Ｏｋｔｍｔｉｄｎ。ＨＲ、ｔＢｎ」
焚き火の近くにある何かを手に取って、俺に差し出してくる。
それは、串に刺された蒲焼（かばやき）……多分、さっきの大きな蛇の。

「…………」


めっちゃ美味そうな匂いと滴り落ちる肉汁に、ゴクッと喉が鳴る。

良いんですか？　と視線で窺うと、獣耳の女性はどうぞと頷く。

あれ？　今、コミュニケーションが取れている？　と一瞬思うが、直ぐに思考は目の前の串で一杯になった。

差し出された串を手に取り、パクッと一口。

…………美味っ！

そのままバクバクと食べ続け、あっという間に食べ切ってしまう。

すると、再び差し出される蒲焼の串。

……あざ～す！

食べ切ると次が差し出され、それもガツガツと頂いていく。

最初は俺を肥らせて美味しく頂くつもりなんじゃ？　と疑ったのだが、獣人の女性が浮かべる表情は優しさに溢れていたので、なんか疑うのが馬鹿らしくなった。

母性？　姉性？　……どっちでも良いか。

食べさせてくれるのなら、食べます。

とりあえず、感覚での話になるが、俺を殺すつもりはなく、寧ろ逆で生かそうとしているんじゃないかな？　と感じた。

そう実感すると、緊張感が切れたというか、張り詰めたモノがなくなったというか……。

食べながら……自然と涙が溢れてきた。

こんな場所で状況だけど、食べるという行為で安堵したのかもしれない。

「E？　ｔＹｔｔ、ＮｎＤＮＩｔｒｎ？」

「ははっ、何言ってんのか、さっぱりわからない」

泣いた事で慌てる獣人の女性に向けて、俺は大丈夫ですと笑みを浮かべる。

通じたのか、獣人の女性も笑みを浮かべた。

泣いてスッキリした事で、新たな気持ちが芽生える。

……生きよう。何としても、この世界で生き抜こう。

それに、親友たちもきっとこの世界に居るはずだ。

なら、会いに行かないと。

それまでは死ねない。

何がなんでも生き抜いてみせる。

自然と、蒲焼を食べる力が強くなった。

すると、暗い森の中から色白の男性と全身鎧の人？　が姿を現す。

その手には薪に使うっぽい木片がたくさん抱えられていた。

「ＯｉＯｉ、Ｎｎｄｎｉｔｉｒｎｄ？」

「Ｎｋｓｔ？　ＮｋｓｔＮ？」

……なんだろう。

俺の涙の跡を見て、なんとなく引いているような気がする。
俺にじゃなく、獣人の女性に対して。
……あっ、俺が泣かされたと思っているのかな？
「ＳｔＲｉｎｋｔＩＵＮ！」
獣人の女性が捲し立てるように言葉らしきモノを発する。
弁明しているのかな？
色白の男性と全身鎧の人？　は、そんな獣耳の女性をからかっているように見えた。
その光景がどこか可笑しくて、俺は声を上げて笑う。

2

翌日から、俺はこの世界で生きていくための行動を開始する。
まずは色々勉強するために、三人に協力のお願いをしないといけない。
さて、ボディランゲージでどう伝えてみれば……。
その前に、その三人からボディランゲージで何か示される。
……あっ、ここから移動するのね。
了解。付いて行きます。
そうだよね。

よくよく考えてみれば、ここには何もないのだ。

焚き火の跡があるだけで、屋根とかそういうのすらないから、雨風を防げない。

という事から推測して、向かう先は三人の住処だと思う。

……洞窟でした。

しかも見えている範囲に、焚き火の跡や近くにある木々の枝に紐が繋がれていて、物干し場のようになっている。

ちょっとした生活感があるな……。

いや、期待していた訳じゃないけど、出来ればまともな家がよかったというか、周囲は自然だし、ログハウスみたいなのがあるのかと勝手に思ってしまっていた。

三人がそのまま洞窟の中に入っていくので、俺も入る。

中に入った瞬間、急に季節が冬から春に変わったのかと思うくらい快適になった。

どういう事？

説明して欲しいけど、言葉がわからない。

もどかしい……。

推測をするなら、何か特殊な方法で洞窟内の空調が快適になっている？

魔法とか？

あると便利だよね、魔法。

そういうのがある異世界かな？

あと洞窟内に、もっふもふの毛皮が四か所に分かれて置かれている。

寝袋かな？

暖かそうだ、と思っていると、色白の男性が俺を指差し、その毛皮が置かれている一か所を指し示す。

……あっ、俺が寝るところなのね。

了解……あれ？　なんでもう準備されているの？

不思議に思うが、もっふもふの毛皮の感触を確認してみる。

……もっふもふのふんわり仕立て。

しかも、特に変な臭いもしない。完璧。

グッ！　と親指を立てる。

グッ！　と親指を立て返された。

あれ？　通じた？

洞窟の奥にも案内される。

台所っぽいのがあった。

それは凄く良い事だと思うけど、まだ足りない部分がある。

ト・イ・レ。

どこですか？　とボディランゲージ。

外に連れられていき、近くにあった川に案内される。

………………。

………………。

郷に入っては郷に従え。

町に行くまでの辛抱だ。頑張ろう。

……さすがに町には普通にトイレがあるよね？

あと、お風呂やシャワーはさすがにないけど、どうするのかと思ったら、川で体を洗い流すようだ。

他にも、色白の男性がごにょごにょっと言うと、体が綺麗になったような気がした。

魔法かな？　……確認出来ないのがもどかしい。

こうして若干の覚悟は必要だったが、俺の異世界生活が始まる。

生活環境がわかれば、次は目的だ。

親友たちに会う、という将来的な目的ではなく、もっと短い期間で達成するべき目的。

その積み重ねの結果が、親友たちに会う事に繋がるはずだ。

なので、最初にやるべきなのは……「言語」だろう。

戦闘能力とかも必要だが、それはまぁ……そんな直ぐ強くなる訳もないので、筋トレくらいから始めていこうと思っている。

それで言語だが……ここはやはり、何故か助けてくれるようなので、目の前に居る三人に習うのが一番早い。

問題は、それをどう伝えるか。
最初の難関だ。
まずは地面に絵を描いて説明。
……駄目だ。三人共が首を傾げているので通じていない。
俺の絵心に問題があるのか、三人の理解力に問題があるのか、悩む。
答えを求めてもどっちの得にもならないので、答えは求めない。
続いて、ボディランゲージ。
俺……あなたたちから……言葉……習いたい……。
……やっぱり駄……あれ？　通じた？
…………。
…………通じていた！
もうボディランゲージで良いんじゃ……いやいや、よくない。
まずは一文字ずつ教えてもらう。
教師役は、色白の男性。
「a」
「あ？」
目の前で指を左右に振られる。
違うって事ね。

「ａ」

「あー？」

「ＮｎＮｎＮｎ」

再び目の前で指を左右に振られる。

なんか、ノンノンノン……て言われている気分。

「ａ」

「あぁ？」

色白の男性が、これは駄目な生徒をもってしまった……みたいな表情を浮かべる。

駄目だ。イラっとしちゃいけない。

こんな感じで、言語を少しずつ勉強していった。

先が長そうなので、想定よりも長くかかるかもしれない。

一から言葉を覚えるのは難しいね。

また、言語と同時進行で、体力作りも行っていく。

これもボディランゲージで伝えてみる。

…………。

…………。

通じた！

あれ？　やっぱりボディランゲージだけでいけるんじゃない？

言語、いらないんじゃ……いやいや、駄目駄目。

覚えて喋れる方が良いのは当たり前なんだから、しっかりと勉強していかないと。

体力作りの教師は、全身鎧の人だった。

宜しくお願いします。

外に連れていかれ、抱えられ……無心の間に運ばれ、着いた場所は……草原？

多分、俺が最初に居たところ。

ここで何を？　と思っていると、全身鎧の人は背負っていた大剣を抜き、一振りで草を刈ってい
きながら歩き出した。

付いて行った方が良いのだろうか？　と歩き出そうとしたらとめられる。

そのまま待っていると、あっという間に周囲一帯の草が刈られ、広い場所が出来た。

そして全身鎧の人がボディランゲージで何か伝えてくる。

……えっと……あっ、まずは走り込みね。

という訳で、まずは走り込む。

これはいつまで？　……あっ、全身鎧の人がとめるまでね。了解。

…………。

…………。

足がビクビクと震え出すまで走らされた。もう無理。

抱えられて洞窟まで帰還。

体力が少し回復したら、腕立てとか屈伸とかもやった。

これが暫く続けられたので、まずは基礎体力作りだと思う。

あとは、獣人メイドさんと一緒に家事もこなす。

炊事……食材の形とかは特に違いはなかったので、困る事はなかった。

栄養分も同じなのかな？

調べようがないので放置。

水は獣人メイドさんがごにゃごにゃ言うと空中に水球が現れ、そこから使用。魔法かな？

それにフライパンや皿などの器具類も充分にある。

簡易的だけど、携帯コンロっぽいのもあった。

ガス缶っぽいのが見当たらないけど……どうやって火が点いているんだろう？

魔法、とか？

不思議な道具だけど、使えるなら気にしない。

料理に関しても、元々そこそこやっていたので凄く簡単なモノなら問題なし。

時折、色白の男性や全身鎧の人が、森の中から獣を狩ってきて器用に捌（さば）いてくれるので、肉に関してても問題ない。

あとは野菜類だが、獣人メイドさんがいつも用意してくれている。

どこで調達してきているのか不思議。

それと、調味料が普通にあった。塩胡椒も。

あの時考えた、塩胡椒を捜す、で時間を稼ぐ案は駄目だったようだ。
結果的にそういう案は一切要らなかったけど。
他にも、砂糖やドレッシングみたいなのもある。
用意周到過ぎない？　と思うが、美味しいご飯の前にはそんなの関係ない。
洗濯……近くの川で行う。
大きな桶が用意されていて、初めて見た洗濯板でゴシゴシ。
洗剤っぽく泡立つ、植物の実が用意されていた。
それでも、やっぱり元の世界と違って仕上がりは不満足。
綺麗にはなるんだけど柔軟剤とかないよね？　……ない、と思う。
俺が家事をやるようになった最大の理由は、自分の下着を自分で洗うためだ。
獣人メイドさんにやって貰うのは、ちょっと……。
と思っていると、色白の男性も同じように自分で洗っていた。
並んでゴシゴシやっていると、仲間意識が芽生える。
また、俺の衣服類は下着も含めて、何故か用意されていた。
しかもサイズまでピッタリ。
なんかここまで用意周到だと怖くなるけど、助かっているのも事実。
まだ言葉が通じないから、その事を聞く事が出来ないというのもある。
ちなみにこの世界の下着。

ゴム部分が紐だった。

これはこれで悪くない。

掃除……そもそもそんなに汚れるような事はしていない。

それでも箒は用意されていたので、偶に気分転換を兼ねて、洞窟前を掃いている。

小さな石ころたちが、右から左へ。

小さな石ころたちが、左から右へ。

そして一息。

ふぅ～……。

良い天気だ。

心が安らぐ……あっ、鍛錬の時間ですね。

宜しくお願いします、と全身鎧の人に抱えられて草原まで移動した。


そんな風にして始まった異世界生活は、それなりの月日が経った……と思う。

思うというのは、正確な日数がわからないからだ。

十日くらいまでは頭の中で数えていたんだけど、そこら辺から数えるのが面倒になったのでやめてしまった。

カレンダーって、あれば便利だったんだね。

ただ、月日の流れと共に、俺と三人の間にも変化が訪れていた。

「……アサ、カ」

「オハヨ、ゴザマス」

「アサゴハン、デタ」

カタコトだけど、三人が日本語を覚えた。

あれ？　俺が習う立場だったはずなのに……どうしてこうなったのか。

カタコトでの説明だったが、俺が日本語で話している内になんとなく覚えていき、逆に色々聞かれる事で更に覚えていったそうだ。

おかしい。

……まさか、この三人って、俺よりも頭が良いのか？

敗北感が辛い。

いや、違う。

そう……逆転の発想だ。

カタコトでまだまだニュアンスはアレだけど、話が通じるようになったのは間違いない。

つまり、俺にとってはより良い環境で、この世界の言語を習う事が出来るようになったという事である。

俺の狙いはソレだった。

うん。そう。それで間違いない。

そういう事にしておこう。

「という狙いだったのです。なので、これからもっと言葉を覚えていけると思います」
「「「…………」」」
三人からの疑いの目が厳しい。
「……誰かに聞かれたら、そういう事だったという事でお願いします」
頭を下げて渾身のお願い。
そういう事になった。
よし。これで親友たちに聞かれても、俺の天才的采配の結果という事になる。
……あれ？　そういえば、親友たちの方は言語とかどうなっているんだろう？
向こうが本命である以上、俺とは違って転移パックとか付いていそうだ。
具体的には、スキルがあって、そういうスキルを得た状態でスタート、とか？
……あり得る。
親友たちなら、寧ろそっちの方だと思う。
もし再会した時にそれを知ってしまったら……文句言いたい。
親友たちにじゃなく、転移パックを与えた存在に。
ズルいぞ！　俺にもよこせ！
多分、その頃には必要なさそうなので、貰っても嬉しくないと思うけど。
とりあえず、ここから先の言語の勉強が飛躍的に向上した。
また、ある程度話が出来るようになれば、体力作りにも変化が起こる。

体力作りにあてる時間が減り、代わりに実地訓練が追加された。

要は、魔物との戦い。

「コレカラ、マモノ、ツレテクル」

最初に聞いた時は、吹き出すかと思った。

マモノ……魔物……本当にそんな存在が居るようだ。

多分だけど、あの熊もそのカテゴリーに該当すると思う。

そうして、いつものように草原に抱えて連れていかれ、剣を持たされると、全身鎧の人が力ずくで連れて来た、バッタのような魔物の前に立たされる。

というか、大きさがおかしい。

人と同じくらいなので、俺の頭くらい簡単にかじられそうだ。

魔物と呼ばれるのも頷ける。

「はいっ！　戦い方を習っていません！」

「ダイジブ！　フレバ、アタル！」

そういう答えは求めていません。

そして唐突に始まる戦い。

手が震え、剣がカタカタと震えてしまう。

魔物バッタの足の一つが動いたかと思うと、手に伝わる衝撃と共に剣が彼方に飛んでいく。

「…………ちょっと取って来て良い？」

「…………ギチィ」

魔物バッタに追いかけ回される。

バテて倒れ、ヤバいと思って身構えると、魔物バッタは全身鎧の人が蹴り飛ばした。

……危なかった。

「アキラメズ、ナンドモ……ガンバ！」

本当にこういう事が何度も続けられる。

どうやら、この一回で終わらないらしい。

全身鎧の人が力ずくで連れて来る魔物は毎回違っているので、多分だけど、魔物に慣れさせようとしているのかもしれない。

魔物との対峙を繰り返していく内に、ある事を思う。

といっても、まだ気のせいかもしれないってレベルだが、なんか俺……逃げ回るというか、守っている方が性に合っているような。

武器を持たされても上手く扱えないのだが、盾を持たされた時や魔物の攻撃をかわす時は、何故か上手く出来るのだ。

「コウゲキ、ヨリ、マモリ、ノホウガウマイ?」

全身鎧の人もそう言っている。

う～ん……もう少し試してみないとわからない。

そして最近……なんか目覚めそう。

開けてはいけない扉を開けてしまいそうになる。

それは、トイレ。

こう……人工的で的確な囲いなんかない大自然の中でするると……開放的過ぎて。

うっかり扉を開けないように、毎日葛藤している。

文明に触れたい。


更に月日が経ち……互いの言語をある程度理解する事が出来るようになり、それなりにまともに話せるようになった。

漸くここまできた、という達成感がある。

いや、この期間で覚えられたのは、全て俺の考えていた通りの出来事。

こういう狙いだったのだ！

「それは絶対に違うな。まぁ、約束は守るが」

「そう自分を慰めなくても。日々成長していっていますよ」

「大切なのは、出来ると信じる事だからね」

………………くっ。

三人からの言葉に、思わず拳を握ってしまった。

先に日本語を覚えたのは三人の方だ。

でも、負けた訳じゃない……負けたと思わなければ、まだ負けた訳じゃない！

俺の心はまだ折れていない。

言語に関しては、完全とはまだいかないが、わからないのはその都度聞けば良いだけで、日常的な部分の会話は問題なし、と三人から太鼓判を押される。

それにしても、英語すら満足に覚えられなかった俺が、この世界の言葉をこうも早く習得出来るとは。

なんでだろうと思うけど、答えは出ない。

確認のしようがない、とも言える。

仮説として、世界を飛び越えた事で俺の脳力が上がった？　とか？

…………。

…………地味だな。

まぁ、そこら辺を気にする余裕はまだない。

「それじゃ、鍛錬にいこうか」

「はい」

全身鎧の人との体力作りは、より濃密なモノに変わっている。

体力作りと魔物との対峙の他に、全身鎧の人との組手も追加された。

主に、というかほぼ一方的に俺が叩きのめされる形だが。

まぁ、そもそも未だ魔物相手に慣れはしたけどまともに戦えていないので、その魔物を力ずくでどうにか出来る全身鎧の人に何か出来る訳がないのだが。

でもこれまでの傾向から、これにも何かしらの意図があると踏んでいる。

考えてもわからないので聞いてみた。

「この一方的に俺がやられるのには、どんな意図が？　ストレス解消とか？」

「対人の練習だよ」

と言いながら、何も出来ずに投げられた。

そもそも動きが全く見えないので、練習にはならないと思います。

「大丈夫。繰り返していく内に慣れていくから。さっ、かかってきなさい」

……理不尽への抵抗力は上がっていると思う。

いや、これもきっと俺のためになると考えているからだ。

……そうだよね？

「次はどれぐらい飛ばそうかな」

…………………。

…………………。

「すみません。今日はちょっと走り込みに力を入れ過ぎてしまって、もう足が棒のように」

「足が棒になった？　おかしな事を言うね。足が棒になる訳ないじゃないか。そんな言い訳をしている間に体力回復した分は動けるようになっているから、来なさい。寧ろ、体力は動きながら回復出来るようにならないと」

駄目だ。おかしな事を言っているようにしか聞こえない。

動きながら回復ってどういう事？

それとも、俺の言語理解力がおかしいのかな？

誤訳している？

とりあえず確かな事は、鍛錬の時、全身鎧の人は厳しかった。

そしてこれまでの統括として、俺に攻撃は向いていない事がなんとなくわかる。

三人は色々な武器を持っていたが、そのどれにも馴染めず、盾に一番ピンときた。

それと、話せるようになったので、これまでそれっぽいのは見たけど、一応聞いてみる。

「魔法ってあるの？　それと、俺は使える？」

「……………」

全身鎧の人が黙ってしまった。

なんか駄目っぽい空気。

でも、なんとなくだけど、自分でも駄目なような気がしている。

まぁ、駄目なら駄目で、別に良いんだけどね。

興味はあるけど、使えたら便利とか楽しそうって感じでしかないので、正直な気持ちとしては、
使えないでも構わない、だ。

ただ、使えるか使えないかは知っておきたいので、また折を見て聞いてみよう。

それと、ついでに魔物についても聞いてみた。

普通の動物が居る事は、日頃の食卓に肉が出ているのでわかっている。

魔物の肉を食べた事もあって、普通に美味しかった。

ただ、その普通の動物との違いがわからない。

答えとして返されたのは、体内に一定以上の魔力を保有しているのが魔物、との事。

そもそも魔力というのがわかっていないのに、見てどう判断しろと？

この世界の人たちは普通に判断出来るのだろうか？

そんな俺でも判断出来る魔物は居る。

「……ギチィ」

全身鎧の人が再びバッタの魔物を力ずくで連れて来た。

気のせいかもしれないけど、以前会ったヤツのような気がする。

つまり、リベンジの機会。

以前とは違う、成長した俺を見せつけてやる！

…………。

…………。

「くそぉっ！　やっぱりこうなるのかぁ！」

「ギチィ！　ギチィ！　ギチィ！」

「一飛びで追い付かれるって、どんだけ脚力あるんだよ！　無理無理無理無理無理！」

バッタの魔物に追い回される結果になった。

スタミナが切れるまで続き、全身鎧の人に助けて貰う。

地に伏せたまま、今なら通じるので前から思っていた事を言ってみる。

「出来れば、こうなる前に助けて欲しいんですけど」

「それだと鍛錬にならないから頑張って」

うん。だろうね。

応援されるだけ、マシだと思っておく。

ただ、これまでの結果で、俺の体は一番鍛えられたと言っても良いだろう。

夜。晩御飯時。

今日のメインは、象のような鼻を持った猪の魔物。

俺が囮となって駆け回り、全身鎧の人？　が仕留めた。

いやぁ～……恐ろしかった。

何より鼻が。

柔らかい事を良い事に、ひゅんひゅんとしならせて、俺を穿とうとしてくるのだ。

……ギリギリだった……本当にギリギリだった。

体力が付いて脚力が鍛えられている事は実感出来たが、二度とごめんである。

でも……味は美味しかった。

食べ終わり、雑談の中で自慢するように言う。

「どうよ！　この力こぶ！　そして、割れた腹筋！」

「……並」

「いえ、まだ平均よりも少し下、という感じじゃないですかね?」

「確かに、もう少しで普通って感じかな」

三人にそう評される。

言葉が通じるようになって嬉しくて言ったが……心が折れそう。

……少しくらいは褒めて欲しかった。

それから少しして、言葉で意思疎通が取れるようになったという事もあり、きちんとこの世界の事を三人に聞こうと思った。

三人の方も、元々そのつもりがあったようで快諾を得る。

それと、これまでの行動と、話せるようになってからわかったのだが、色白の男性が三人の中のリーダーだった。

「……それなりに長い話になるが構わないか?」

「もちろん」

星空の下、俺は三人からこの異世界の事を聞く。

3

焚き火を囲みながら話を聞く。

このアウトドアな雰囲気……好き。

……でも、火の粉で服に穴が開くんじゃないかと思った。

けれど、なんか服が水滴を弾くように弾いていたので、繊維の方が強いようだ。

さすが異世界。

多分、素材からして違うんだと思う。

そんな事を考えていると、色白の男性が話し始める。

「……さて。では、どこから話したモノか」

結局は、一から聞く事になった。

まず、この世界の名は「ファースリィル」。

人、獣人、エルフ、ドワーフ、魔族などなど、様々な種族が共に住む世界。

魔族と聞いて、邪悪な種族？　と思ったが違った。

なんでも、複合的な種族の総称との事。

よくわからん……けど、怖い人たちとかでなければ気にしない。

それよりも、この世界には「スキル」と呼ばれる多種多様な特殊能力がある、という情報の方が重要だ。

魔法もある。

……「ファイア！」とか叫びそうになった。

もしこれで出なかったら恥ずかしい、という事に直前に気付いたので踏み止まれたのだ。

そもそも、使えるかどうかわからないので、この話はとりあえず置いておいて。

この世界……聞けば状況的にかなり追い込まれている。

魔物で構成された軍勢による侵攻を受けていた。

といっても、現在は互いに小康状態というか、小競り合い程度は起こるが大きな戦いは起こらず、互いに力を蓄えている段階だそうだ。

そして、その魔物の軍勢を率いているのが、「大魔王」と呼ばれる存在と、「三人の魔王」。

なので、魔王の軍勢は「大魔王軍」と呼ばれている。

いや、それよりもまず、魔王とかそういうのが居るんですね。

しかも、それよりも上の存在である大魔王も。

……それで、その大魔王がラスボス？　それとも裏ボス？

言っている事の意味がわからないので、どっちでも良いと返された。

むぅ……結構重要な事だと思うんだけどな。

まぁ、誰もわからないなら確認のしようもないので放置。

それで、その大魔王軍と争っているのが、過去の偉い人たちによって発足して、様々な種族が集まって結成された「ＥＢ同盟」と呼ばれる同盟軍である。

「ＥＢ」とは、「永遠の絆（Eternal Bonds）」の略。

……大丈夫。恥ずかしくなんてない。

寧ろ、わかりやすくて良いじゃないか。

真顔で、なるほどと頷いておく。

ただ、この同盟……今は名ばかりになってしまっているらしい。

俺を助けてくれた三人は、同盟軍側の人たち。

これで大魔王軍側だったら、ちょっとどころじゃない驚きである。

……いや、待てよ。

これでもし、大魔王軍側の方が正しかったら……あっ、目的不明な上、大魔王軍が攻めてくるから迎え撃っている、と。

なら仕方ないし、俺はこの三人に助けて貰ったのだから、同盟軍側を信じたい。

つまり、今この世界は、『様々な種族が集まったEB同盟軍』対『魔物が集まった大魔王軍』が争っているという事だ。

色白の男性がどこかから地図を取り出す。

どうやらこの世界の世界地図のようで、その地図を見せられながら続きの説明を受けた。

地図に描かれているこの世界の地形を簡単に言えば、まず目立つのが丸のような大きな大陸で、中に小さな丸が二つ並び、その二つの丸によって上下が分断している。

その二つの丸は大きな湖との事。

でも、かろうじてだけど、左側、真ん中、右側、の三か所で陸続きになっていて、真ん中が一番ハッキリと繋がっているように見える。

他には、その大きな丸の周囲に、いくつかの小さな大陸が描かれていて、他は海のようだ。

大魔王軍が侵攻しているのは大きな大陸で、その上半分が既に支配されているらしい。

一時は下半分の大陸にまで侵攻されていたそうなのだが、多大な犠牲を払う事によって何とか押し返し、現在は繋がっている左右の陸続きで、同盟軍と大魔王軍が睨み合っているそうだ。

「真ん中が一番ハッキリ繋がっているのに、そこで睨み合いは起こらないの？」

「そこは駄目だ。互いに不可侵。何しろ、『竜』の領域だからな」

そう言って、色白の男性が地図上で大雑把に指し示したのは、真ん中の陸続きと、二つの大きな湖付近。

そこが竜の領域だそうだ。

侵入すれば、同盟軍、大魔王軍関係なく、問答無用で襲いかかって来るらしい。

……ある意味、中立地帯だな。

また、竜の中でもその「王」は別格で、大魔王に匹敵すると言われている。

「竜王がどれほどの力を有しているかは簡単に説明出来る。先ほど話した二つの大きな湖は、過去、竜王の発した攻撃によって出来たモノだ」

よし。一切関わらないようにしよう。ノータッチで。

そして、俺が追い込まれていると判断した最大の要因が、同盟軍側に勝ち筋が見えない事だ。

それに関係しているのは、スキル。

スキルといっても捉え方は様々だが、この世界におけるスキルとは、補助的な力。

たとえば、「剣術」というスキルを持っている人と持っていない人が、同じ期間で剣の鍛錬をした場合、スキルを持っている人の方が剣の扱いが上手くなる、といった感じ。

もちろん、スキルがなくても問題はないが、あった方が良いのは間違いない。

レベルはなかった。

それでこのスキルには、それぞれ担当している神が居る。

「剣術」スキルには「剣の神」が、「槍術」スキルには「槍の神」が、といった具合に。

補助的な力の付与や恩恵――つまり補正的部分に影響しているそうだ。

けれど、現状は担当しているこの世界の神々全てが封印されている状態のため、スキルは名ばかりになっている。

「ちょっと待って下さい。……え？　神様？　居るの？」

「あぁ。今は封印されているが、普段は普通に姿を現すぞ」

……そういう世界って事だな。うん。

「それじゃあ、スキルは担当する神様をそれぞれ封印から解かないと、一切意味がないって事？」

「その通りだ」

「……獲得も出来ない？」

「いいや、獲得は出来る。要は、努力の証みたいなモノだからな。ただ、それを確認出来ないのだ。スキルの更新も神によって行われているからな。ただし、更新はどの神でも出来るが、付与や恩恵に関しては担当する神でなければ駄目だ」

で、その神々を封印したのは、もちろん大魔王軍。

最初は徐々にだったらしく、下半分の大陸にまで侵攻されて、それを押し返した時には……全ての神が封印されてしまっていたそうだ。

いや、大問題でしょ、これ。

かなり深刻だと思うが、もう一つ大問題があった。

今の状態では、特定のスキルを持っていると使える、「武技」「魔技」と呼ばれる必殺技が使えないそうだ。

担当しているのは、「武技の神様」で、もちろん封印中。

……くっ。必殺技とか……見てみたかった。

という感じで、正直に言って、この世界は人種にとって詰みに近い。

大魔王軍との冷戦のような状態は、いつ崩れてもおかしくないだろう。

「……かなり危機的状況じゃない？　この世界」

「それは間違いない。このままでは、ＥＢ同盟軍は大魔王軍に敗れるだろう。……だからこそ、ここに私たちが居て、お前が居るのだ」

そう言って、色白の男性が真っ直ぐに俺を見る。

念のため後方確認。

……誰も居ない。

前を向く……と見せかけてもう一度後方確認。

…………やっぱり誰も居ない。

つまり、どゆ事？

「俺がここに、この世界に居る事が何か関係あるの？」

あれ？　それはおかしくない？

俺って巻き込まれただけの、勝手に来たイレギュラーな存在だと思っていたんだけど。

「大いに関係している……はずだ」

もう少しハッキリして欲しいので、詳しく。

「どういう事？」

「説明する前に確認したい事がある。まず前提としての聞いた話だが、異世界からの来訪者は、世界を渡る際に強力なスキルを授けられるそうだ。この世界の神々にではなく、元々居た世界の神々から」

「……でも、今ってスキルは名ばかりだし」

「確かにそうだが、あるのとないのとでは大きく違う。それは間違いない」

待てよ……この流れ……これアレだ！

本命じゃない者が最強とかって流れなんじゃない？

なら、未だ自覚はないけど、俺の持っているスキルが最強って事？

……おっとこれは、もしかして……親友たちじゃなく、俺が主役なのか？

「それじゃあ、俺の持っているスキルが、この世界に平和をもたらす事に……」

あれ？　なんか三人の反応がおかしい。

困っているような、どう言えばいいのか悩んでいるような……そんな雰囲気。

「どうかしたの？」

「いや、まぁ……これは見た方が早いか。頼む」

その言葉を合図に、獣人の女性が近くに置かれていた袋の中から、手の平サイズの水晶玉を取り出して、俺に手渡してきた。

「これは？」

「『魔導具』だ。簡単に言えば、魔力という力が込められ、様々な事が行える便利道具だな。それはその内の一つで、『確認玉』。手に持ち、『スキルチェック』と念じれば、自身の持つスキルが表示される……のだ」

……なんで最後詰まったの？

なんか歯切れが悪いというか、言いにくい事を言ったような感じなんだけど。

でもまぁ、今はスキルの方だ。

早速確認して――。

「……知識としてだが、平均的なスキル保持数は、四、五個だ。しかし、実際に調べた訳ではないし、公開は自由なために正しいとは言えないが。神もその辺りは気にしていないようだしな」

なるほど。平均四、五個が一つの基準という訳か。

「……なんで今そんな事を？　まるで、俺の所持スキルがそれよりも多い」

サッと目を逸らされる。

「……………………」

「「「…………」」」

「まさか、少ない」

天気を確認し出した。

満天の星ですけど、その反応はどういう事なの？

「……一応確認のために聞きますけど、もしかして……俺の所持スキルが何か知っている？」

「……実は、神から聞いている」

「やっぱり」

でも、その反応は……良いとは言えないんだけど。

「だから、私たちも共に確認して構わないか？　聞いた事が正しいかどうか確認したいのだ」

「別に構いませんけど」

隠しても仕方ないというか、俺にもわからないスキルがあれば聞けば良い、という判断。

三人に見詰められながら、俺は「スキルチェック」と念じ、水晶玉に視線を向ける。

「　　　　　」

…………。

「　　　　　」

まだかな。

表示に時間がかかるとか、聞いていないいんだけど。

三人に視線を向けると、サッと逸らされるのも気になる。

「　　　　　　　　」

…………あっ、もしかして表裏があって、今手で隠れているところに表示されているとか？

あり得る。全体を確認しよう。

「　　　　　　　」

…………。

…………。

「これ、もしかしてだけど……壊れているとか？」

「……いいや、壊れていない」

「なら……それってつまり……俺、スキル所持数がゼロって事？」

三人は無言で頷いた。

なるほど。

…………。

…………わかった。

とりあえず、なかったという事は一旦置いておこう。

今はまず叫びたい。

でも、これまでの生活で、夜に叫ぶと近所迷惑というか、そもそも近所がないけど、代わりに魔物たちが居るから、そういう声が聞こえると襲って来るので、叫ぶのもやめたいけど、やっぱり思いっ切り叫びたいからどうしよう……。

駄目だ。なんか頭が混乱している。

落ち着こう……一旦落ちちゅこう。

……噛んだ。

でも、逆に冷静になった。

まずはアレだな……自分が主役とか思ってすみません。

恥ずかしいので、この事は誰にも言わない事を誓う。

いや、誓うんじゃなくて、忘れよう。

主役はやっぱり親友たちの方って事で……納得。

というか、あれ……待てよ。

さっきの会話の内容を思い出すと……。

「俺にスキルがないって、知っていたって事ですか？」

三人に視線を向けると、申し訳なさそうに頷く。

「済まないな。私たちも半信半疑だったのだ。だからこそ、確認する必要があった。与えられた情報が正しいかどうか」

「……そもそも、どうして知っているんですか？　与えられたって……」

そこが疑問である。

すると、色白の男性がなんでもないように答えた。

「封印される前の予言の神から聞いたのだ。この世界を救うために勇者たちが召喚されるが、その中で一人だけ外れた場所に現れる、と」

その一人が俺か。

……普通に神とか出て来るから、そういうモンだと慣れておかないとな。

「それと、その一人の手助けをして欲しいとお願いされ、私たちが受けたのだ。その時に一通りの情報を与えられた。たとえば、どこに現れるとか、身に纏う服のサイズや、スキルがない、という事をな」

「あぁ、それで……都合良く助けが来て、色々と俺に合わせた準備が整っていて、手助けというか世話をしてくれているという訳ですか。とりあえず、ありがとうございます。おかげで生きています」

三人にもそうする事情があるかもしれないけど、こうして助けて貰っている事は事実なので、お礼の一礼。

同時に、色々と準備がよかった事は納得出来たが……出来ればトイレも用意しておいて欲しかった、と思うのは欲張りだろうか？

「いや、気にしないでくれ。こちらも事情があるのだ。手助けする事もそれに関わっている」

「やっぱり。でも俺を手助けする事に関わる事情って」

「それは、まぁ……追々な。いずれ話すと約束しよう」

色々あるのは間違いない。

でも、俺と三人は初対面みたいなモノだし、下手に無償で助けられるよりは、何かしらの理由があった方が、信用出来るというか気が楽なのは確かだ。

「じゃあ、その時が来たら」

「あぁ、その時が来たら。それと、わかっていないようだから教えておくが、スキルが全くないのとは違うぞ。今は表記されていないだけで、更新されれば確実に一つはある」

「一つ……ないよりはマシだけど。何が?」

「今、こうして話しているではないか」

「……あっ！　これもスキルに入るの?」

「入る。あとは、鍛錬次第では、何かしらのスキルを得ているかもしれないな」

そっかそっか。

後付けでスキルを得る事も出来るんだから、そう悲観する事もないな。

……さすがに特別(ユニーク)なスキルは得られないだろうけど。

「うん。大体話はわかった。ならあとは、自己紹介だね。互いに未だ、名前も知らないし」

「確かにな」

色白の男性が笑みを浮かべる。

異論はないようだ。

思い返せば、折角こうして喋れるようになったのに、まだお互いに名前すら知らないのだ。

それだけ日々生き残る事に精一杯だったとも言えるけど。

でも……それでやってこれたんだから、俺たちって相性が良いのかもしれない。

「それじゃ俺から。名前は『行道（いくどう）　明道』。十七歳。高校二年生」

「……なるほど。コウコウニネンセイというのはよくわからないが、名と歳はわかった」

「今更ですが、黒髪黒目は珍しいですね」

「それ以外は普通の男性だけど」

色々普通だけど、それの何が悪い！

そんなの、俺が一番よく知っている！

でも、普通が一番普遍的なんだから、それだけ数が多いという事で、多数決なら百戦百勝なんだぞ……多分。

そんな意味のない事を考えていると、色白の男性が立ち上がる。

「では、私から始めよう。名は『アドル』」

色白の男性――アドルさんを改めて確認する。

金髪のオールバックに、鋭い目付きの非常に整った顔立ち。八重歯がチャームポイント。

見た目は二十代後半くらいで、服は黒のタキシードを着ている。

一緒に居てわかった事は、朝が弱くてだらしない事だろうか。

「歳は覚えていないな。これでも吸血鬼だから」

「なるほど。吸血鬼だから朝に弱いのか」

「いや、そういう訳ではないのだが……驚かないのか？」

「え？　何に？」

「え？」

互いに意味がわからないと首を傾げる。

あっ、もしかして、吸血鬼って事に、かな？

「でも、なんか見た目からして、それっぽかったし」

「そ、そうか……それでは、何か聞きたい事はあるか？」

「あっ、じゃあ一つだけ。陽の光に普通に当たっていたけど平気なの？」

「陽の光は、弱い者も居るが私は克服した。……いや、そうではなくて、血を吸わないのか、とか聞かないのか？」

「いや、吸ってても吸わなくても関係ないかなって。そもそも、そのつもりならもうやっていると思うし」

それに、抵抗しても勝てないのがわかっているんだよね。

アドルさんも偶に鍛錬に参加していたけど、魔物を軽く一発で屠(ほふ)っていたし。

「そ、そうか……」

あれぇ～？　て感じでアドルさんがもう一度首を傾げた。

次は獣耳の女性が立ち上がる。

「次は私が！　名は『ウルル』！　見てわかる通り、白狼の美獣人よ！」

獣耳の女性――ウルルさんを改めて確認する。

長い白髪に狼耳が頭の上にぴょこんと、可愛らしい顔立ちに腰辺りから尻尾が飛び出していた。

見た目は二十代前半で、メイド服の上からでも体型がグラマラスだという事がわかる。

ところで、美獣人って……要は美人って事を言いたいのかな？

でも、それを自分で言うのは駄目だと思う。

「はぁ……宜しくお願いします」

「扱いが軽くない！　美獣人だよ、美獣人！　しかも白狼の！」

いや～……なんとなく前から思っていたけど……残念系の予感！

なので、特になんとも思いません。

俺の無反応さに、ウルルさんが落ち込んだ。

……いや、ここで手を差し伸べてはいけない。

調子付かせるだけだ。

すると、次は全身鎧の人？　が立ち上がった。

正直に言って、最初に抱いた印象から本当に人なのかな？　と怪しんでいたのだが、吸血鬼、獣人ときたので、ちょっと確信している。

「自分の名は『インジャオ』。見た目ではわからないと思うから兜を脱いで見せるよ。怖がるかもしれないけど、襲わないから安心して」

そう言って、全身鎧の人？　が兜を取った。

そこから現れたのは骸骨。立派な全身鎧を着た骸骨。

「最初に助けてくれてありがとうございます、インジャオさん。これからも宜しくお願いします」

「……いや、普通だね。大抵の人は驚くんだけど」

「まぁ、何となく人ではないと思っていましたし。でも、一つ聞いても良いですか？」

「何でも聞いてくれて構わないよ」

「じゃあ遠慮なく。どうやって喋っているんですか？」

「さぁ」

喋っているのにわからないのか。

……う～ん。魔力って不思議な力があるくらいだし、そこら辺が関係しているのかもしれない。

出来ているから出来るくらいの認識で、丁度良いのかも。

そう自己完結していると、三人から呆れた視線を向けられていた。

「まさか、なんでもないように受け入れるとはな」

「私はなんか納得出来ないというか、正直不満です。もっとこう、私の溢れる魅力に戸惑いを見せて欲しかった」

「こういう人種族も居るんですね」

ウルルさん、失礼な。

そもそも、そういう発言をするから戸惑わない……という助言はしないでおこうと思った。

……そういえば、親友たちにも、俺は受け入れるのが早い、と言われている。

うん。器が大きいという事の証明だな。

ついでに、わかりやすく名前で呼び合う事も決めておいた。

そもそも苗字聞いてないけど。

「さて。自己紹介も済んだ事だし……一旦これで話は終わりかな？」

「待て。今後の事に関してだが、アキミチにはやって貰いたい事がある。もう少し時間が経てば、向かって欲しい場所があるのだ。そのために更なる鍛錬をお願いしたい」

アドルさんがそう言う。

それってつまり……戦いの予感？

「それもその……神様から？」

「あぁ、予言の神による指示だ」

拒否したい……けど駄目だろうな……。

アドルさんたちは、そのために俺を助けてここに居るんだろうし。

拒否出来ないのなら、あとは受け入れるだけ。

戦いの予感がある以上、あとは死なないように鍛えて貰うだけだ。

…………ファイト！　俺。

翌日から、お願いされた更なる鍛錬を頑張る。

「といっても、何をするんですか？」

草原の鍛錬場に着いてから、インジャオさんに聞いてみる。

「まずは走り込みの距離と筋トレの回数を倍にしようか。最初は時間がかかるけど、目指すは今の時間でその数が出来るようになる事。それと、慣れるために相対していた魔物のランクを一つか二つ上げて連れて来るよ」

「それは一気に上げ過ぎじゃないですか？」

「大丈夫。アキミチなら乗り越えられると信じているから」

期待には応えたいと思うが……出来ればもう少し抑えて欲しい。

こう、徐々に……もっと小さく段階を踏んで……ね？

説得を試みる。

駄目だった。

あとは頑張るだけ……根性ぉ～！

それにしても、昨日の話によれば……俺は巻き込まれでもなんでもないって事じゃない？

………………。

………………。

それならそれで、どうしてスキルがないんだろう。

今はあるらしいけど、それは努力の結果なだけ。

これはアレだよね？　文句を言っても良い案件だと思う。

まぁ、誰に文句を言ったら良いのかわからないけど。

……神様かな？

いや、さすがにそれはちょっと……実際に会ってみないとわからないな。

こう……偉いんだけどそういうのを言っても大丈夫、みたいな感じかもしれないし、そこら辺は一旦保留で。

とりあえず今は、目の前の鍛錬である。

「ヂチチィ……」

ふっ……今度は……ショウリョウバッタ。

もちろん、特大サイズというか、ほぼこちらと同じサイズ。

寧ろ「ダイリョウバッタ」と改名するべきだ。

「うおおおっ！　唸れ、俺の脚力！　ばーか！　ばーか！　俺の鍛え抜かれた脚力に追いつけるモノか！」

特大ショウリョウバッタがジャンプ一発で俺を飛び越えて……前に立ち塞がる。

「…………………」

「……ヂチィ」

鼻で笑われたような気がした。

負けてられるかと襲いかかるが逆にやられ、代わりにインジャオさんが倒してくれる。

……お見事っス。

地面に寝たまま、プルプルと親指を立てる。

それにしても、特大ショウリョウバッタとの一戦はさすがに危なかった。

さすがランクが上がっただけの事はある。

なんかこう気分的には中ボスに出会ったような感じ。

でもそうだとしたら、おかしい。

こう展開的には、中ボスクラスの敵と戦った場合――。

「こう、危機的状況に陥って、隠されていた力が覚醒するはずなのに……」

「アキミチ。声に出ているよ。そもそも、もしアキミチにそんな力があったのなら、既に覚醒しているはずだから」

「え？　どういう事？」

「最初にアキミチを助けた時に居たラビットベアの方が強いので、隠された力があればあの時に覚醒している、という事です」

なるほど。

確かに、インジャオさんの言う通りなら、そうなのだろう。

でも、それならそれで――。

「……希望くらいは持たせて下さい」

「でも、それだけ元気なら……このまま続きといこうか」

「あっ！　あ、足がつった！」

「…………」

「実はさっき、小石に足の小指をぶつけて……」

「…………」

「もう限界です！」

「アキミチ……限界になってからが本番。そこからどう乗り越えるかが重要ですよ」

「いや、ちょ……怖い！　近付いて来る足音が怖い！」

どうにか逃げたいが、本当に限界で体が動かない。

簡単に担がれてしまい、その瞬間、体中に筋肉痛が走った。

「――っ！　き、筋肉痛が！　ちょっと無理！」

「そこら辺は慣れるよ、アキミチ」

「慣れる前に潰される！　下ろして！　この鬼！　悪魔！　人でなし！」

「はっはっはっ！　確かに自分は骸骨だから人でなしだね」

「駄目だ。通用しない……というか、骨だけなのに、なんで担ぐ力があるんだ！」

「それは決まっている。骨密度だよ」

「絶対関係ない！」

……………。

……………タンレン、ガンバッタ。

……………。

……………こうやってカタカナにすると、「ガンバッタ」って、銃みたいな形のバッタか、銃を持っているバッタ、という風にも取れるよね。

「アキミチから、まだ少し元気を感じるね」

ひぃ～……。

数秒後、気を失った。

4

キツイ鍛錬の日々を過ごす内に、アドルさんたちの事もわかってきた。

まず、アドルさんは陽の光を克服した割には、本当に朝が弱い。

起きてから一時間くらい経たないと行動しないのだ。

その間は、体を起こしてぼぉ～っとしているだけ。

本当に起きているのか怪しかったので、アドルさんたちの持ち物の中にあった筆とインクを手に取り……アドルさんの眉毛を太くしてみる。

ウルルさんが吹いた。

インジャオさんは腹筋を押さえるような仕草。

いや、全身骸骨だから筋肉ないよね？

でも、その割に芸は細かかった。

「自分も良いですか？」

インジャオさんが筆とインクを手に持って参戦。

目の上に目を描いたり、まつげを長くしたり、頬に斜線を入れて照れ顔再現など、楽しい時間を過ごす。

しかし、忘れてはいけない。

こういうのは後始末もきちんとしなければいけないのだ。

あとできちんと洗い流して――。

「いや、普通に意識はあるからな」

インジャオさんと一緒に説教を受ける。

仕方ない。確かに、俺とインジャオさんが悪かったので、甘んじて説教を聞き入れた。

あと、アドルさんに関しては……三人の中で一番強い、らしい。

俺からすれば三人共強過ぎて違いなんてわからないし、実際に三人で争っている姿を見た訳ではなく、インジャオさんがそう言い、ウルルさんに確認すると、その通りだと言われただけなので、確証はない。

まぁ、間違ってはいないと思うけど。

それでも、本人に実際に聞いてみる。

「三人の中でアドルさんが一番強いって、インジャオさんとウルルさんが言っていましたけど、本当ですか？」

「ふんっ。当然だ」

素っ気ない返事。

でもそれは返事だけで、表情は緩んだ笑みを抑えるのに必死で、嬉しさを隠し切れていない。

別に隠すような事じゃないと思うんだけどなぁ。

大人は色々あるのかもしれない。


ウルルさんはメイド服を着ているだけあって、家事全般をこなしていた。

もちろん、俺もきちんと手伝っている。

「だから、自分の下着は自分で洗います」

「別に恥ずかしがる事ないのに」

「そういう事ではなくてだな……」

「そもそも二人に対して仲間以上の感情はありませんから、気にしなくて良いですよ」

俺とアドルさんが下着は自分で洗うと言っているのだが、偶に俺たちの目を盗んで洗っているくらい完璧なメイドだった。

ほんと、恥ずかしいのでやめて下さい。

それと、料理が上手い上に、味も美味しい。

食材の名前を教えて貰った時は、ほぼ元の世界と一緒だったので驚いた。

特に覚える必要はなかったので楽。

その代わりといってはなんだけど、魔物の素材についても教わったのだが……こっちはこっちで覚えるのが大変だった。

魔物ごとに食用となる部分が違うし、価値のある部分も違う。

捌き方も教えられた。

この世界での生活能力が上がった感じがする。

また、この世界に来た当初はもの凄く簡単なモノしか作れなかったけど、今なら簡単なモノなら作れるかもしれない、と思えるくらいには習う事が出来た。

今も絶賛習い中。

ウルルさんは掃除も綺麗。

「ウルルさんって……完璧なメイドですね」

「まぁね！　これでも色々習って頑張ったから」

「習って？　師匠みたいな存在が居るんですか？」

「そう。マ……母親」

なるほど。そういう家系なのかな？

それと、ウルルさんは母親を「ママ」と呼ぶ事が判明した。

となると、父親は「パパ」かな？

そんなウルルさんには、既に決まった相手が居る。

結婚はしていないけど、婚約はしているそうだ。

その相手は、インジャオさん。

「インジャオさんとウルルさんって……どちらかといえば、ウルルさんの方が熱烈ですよね」

「もちろん！　だって私、ベタ惚れだし」

嬉しそうに体をくねらせるウルルさん。

インジャオさんは、どこか照れくさそうに頭を掻いていた。

「生前からの付き合いなんですけど、今は前よりももっとベタ惚れです」

聞いてもいないのに追加してきた。

ただ、前よりももっとって……ウルルさんが狼の獣人で、インジャオさんが骨だからじゃないかな？

俺のその考えを証明するように、インジャオさんが蒸れると鎧の一部を外して換気をしていると、その光景を見たウルルさんの目がギラリと光り、インジャオさんは苦笑い。

そのままインジャオさんは、ウルルさんに自分の骨の一部を噛み噛みさせていた。

「あむあむ」

「う～ん、くすぐったい」

くすぐったいで済むんだ。

というか、骨なのに感覚ってあるのかな？

気分の問題かもしれない。

ウルルさんの尻尾が嬉しそうにブンブン振られている。

「よく覚えておけよ、アキミチ。ウルルに対しては、インジャオの骨を噛ませる事が一番有効な手段だ」

アドルさんがそう教えてくれた。

まぁ、あの光景を見ればね……誰だってそう思うと思う。

「ついでに言えば、好みの部位もあるらしい」

その情報は特に必要ありません。


インジャオさんは……骸骨。

うん。これに始まり、これに終わる。

骸骨なのに何故か喋るし、骸骨なのに力強いし、骸骨だからフットワーク軽いし、骸骨なのに
……。

「うん。少し待とうか。そう骸骨である事を推されても困るんだけど？　他にない？」

「でも……骸骨だという事が一番印象深いですし……それ以外となると……あっ、骸骨だから表情が読めない。ポーカーが強そう」

「うん。褒めている感じしないし、結局骸骨推しなのは変わっていないよね？　ところでポーカーとは？」

あれ？　トランプないのかな？

わかる範囲でポーカーを説明してみる。

似たようなカードはあるそうだが、そういう遊び方は知らなくて驚いていた。

「楽しそうですね」

……ギャンブルはほどほどに、と言っておくべきかな？

大丈夫だと思うけど。

それに、確かにインジャオの表情は読めないけど、仕草や声の感じが色々と物語っている。

仕草や声の感じだけで感情や、どう思っているのかを読み取れるくらいに芸達者だ。

だから表情が読み取れなくても問題なかった。

最初の頃に俺のボディランゲージが通じたのも、インジャオさんが居たおかげかもしれない。

「ところで、なんで全身鎧なんですか？　折角の速さというか、身軽さがかなり制限されますよね？　寧ろ動きにくくなるんじゃ？」

「そんなのは決まっていますよ。この見た目……全身骸骨ですからね。初対面の人を驚かさないように、です」

戦いというか鍛錬の時は厳しいけど、めっちゃ良い人……じゃなかった。骸骨。

……あの、もう少し鍛錬の時に優しくしてくれても……。

「優しい鍛錬で強くなれると思いますか？」

……くっ。

それにしても、全身鎧なんて重いモノを身に纏って、普通に動けているのが不思議。

だって筋肉ないし。

本人もわからないそうで、また魔力的な事かと思ったが、試しによく観察すると……ある事に気付く。

なんか、インジャオさんの骨……ところどころ白じゃなくて黒い。

「……インジャオさん。なんか骨の一部が黒くなっていますけど？」

「え？　どこ？」

インジャオさんから焦りを感じる。

目がないのでどこを見ているのかわからないけど、多分インジャオさんから見えないところ。

肋骨辺りの奥の方で、死角っぽい位置。

というか、他にも黒くなっているところがあるな。

とりあえず見つけた位置を指差そうとした瞬間、インジャオさんが体を捻り、指先が当たってカキィーンと甲高い金属音。

…………………。

…………………。

「……うん。なんか金属というか……鉄っぽい音が」

「というか、鉄だね。骨が鉄化しているみたいだね」

驚いているような声の感じ。

本当に今まで気付いていなかったようだ。

多分、ウルルさんは気付いていたよね？

噛み噛みしていた訳だし。

ウルルさんに聞けば早いかな？　と思っていると、黒い粉末がパラパラと降ってくる。

一体何が？　と視線を上げると、インジャオさんが何やら黒い棒状のモノをガジガジ噛んでいた。

「……それ、なんですか？　インジャオさん」

「あぁ、これ。この姿になってからの癖で、最初はそこらの岩を棒状にして噛んでいたのですが、物足りなくなった頃にウルルが鉄の鉱石で用意してくれるようになったのです。最近ではアドル様が魔力を込めて更に噛み応えが――」

あっ、うん。原因、それ。

噛み砕かれて粉末状になった鉄が、骨に振りかけられて一体化したんじゃない？

多分、魔力が込められているというのも重要な気がする。

という見解を説明して、そこでやめておいた。

インジャオさんの体をアレコレと調べるのはなんか倫理に反するような気がするし、何より本人が一番気にしていないので。

あとはまぁ……これが噛み応えを求めたウルルさんの企みでない事を願う。


ちなみにだが、三人の中で一番仲良くなったのは、インジャオさん。

鍛錬を通して色々話し、一番時間を共有したから。

そうして鍛錬中心の日々を過ごしていると、ついにその日が来た。

朝、珍しく起きていたアドルさんから、出発する事を告げられる。

第二章　それでもやるしかないのなら……やるしかない

1

どこかは知らないが、目的としている場所に向かう。

森の中をずんずんと進んでいく。

道中に魔物が現れるが、現れた瞬間にアドルさんたちがなんでもないように片付けていた。

速過ぎて動きが見えない。

いつか俺も、あんな動きが出来るようになるのだろうか？

……いやいや、最初から諦めてはいけない。

目指す事が大事。目指さないと辿り着けない。

というか、あれ？　俺が相手しなくて良いの？

目的としている場所に着くまで、少しでも体を休めておいて欲しいそうだ。

……う～ん。何やら戦いの予感。

「ところで、ここってどこら辺を進んでいるんですか？」

隣を歩くアドルさんに尋ねる。

「ここは、上大陸の中央陸続き付近だ」

「…………………え？　いやいやいやいや、それってアレだよね？　俺、勉強したよ。上大陸って、大魔王軍が蔓延っている大陸だよね？　しかも中央って事は、竜の領域近くって事でしょ！　駄目、近寄るなって言っていた」

「おぉ、ちゃんと知識が付いているじゃないか」

「そういう事じゃない！」

「まぁまぁ、そう焦るな。そもそも、魔物は出て来ているが、竜は現れていないだろう？」

……確かに。

「領域付近ならまだ竜は出て来ない。少しでも入れば別だがな」

なるほど。竜の心配はしなくて良いと。

で、残る魔物に関しては……アドルさんたちが余裕で対処。

「鍛錬の時からそう思っていたけど、アドルさんたちって……もしかして相当強い？　いや、強いのは見てわかりますけど、要は世界規模的な比較で」

「そうだな。未だ世に出ていない強者は居るかもしれないし、世に出ている強者全てと実際にやり合った訳ではないが、世界規模で比較しても上の方だという自負はある。インジャオとウルルも同様だ。参考になるかはわからないが、魔物の百や二百なら問題なく対処出来るのは間違いない」

「……いや、確かに比較の参考になるかはわからないけど、普通に凄いと思う」

「ありがとう、と感謝の言葉を返そう」

「いえいえ。あれ？　もしかして、そんな強い人たちと同行するって凄い事なんじゃ……お金を払うレベル？」

「気にするな。それに間違えているぞ。アキミチが私たちに同行するのではない。私たちがアキミチに同行するのだ」

「あぁ、俺にやって欲しい事ってヤツの手助けのために」

「それだけではないがな」

「他にもあるんですか？」

「ごく個人的な……私たち三人の共通目的だ。アキミチと同行すれば、その目的が叶うと教えられた。……いつか、その目的を話す時が来るだろう」

　今は言えないって事か。

　というよりは、今は向かった先にある目的に集中させたい、みたいな感じがする。

　それよりも、教えられた、か。

　予言の神様って神様からかな？

　というか、そもそも予言が出来るのなら、この世界がこうなる前に回避出来なかったのだろうか？

　まぁ、出来なかったからこそ、こうなっている訳だけど。

　もしかして……駄目というか残念系の神様とか？

いやいや、相手は神様。

残念系とか、そんなの居る訳がない。

…………。

…………。

よし。確かに俺はなんのスキルもなしで来たけど、その事は一旦忘れよう。

「それでアドルさん。目的の場所にはいつ着くんですか？」

「そうだな。何も起こらなければ明日には着く」

まだ時間はあるようなので、この世界の事を更に聞いていく。

次に聞く題材はもちろん、魔法について。

この世界の魔法は、大きく分ければ七つの属性がある。

「火」、「水」、「土」、「風」、「光」、「闇」、「時」の七つ。

「火」は火を起こし、「水」は水を生み出し、「土」は土を操り、「風」は風を呼び、「光」は光を輝かせ、「闇」は闇を覆い、「時」は時を刻む。

漠然としたイメージだが、大体は思っているような事が出来るのが魔法らしい。

また、「闇」を使うのは悪者が多い……なんて事もなく、属性の一つというだけだった。

まぁ、それでも、魔法を思い通りに扱えるようになるにはそれなりの努力が必要なのは当然の事で、発動には詠唱が必要との事。

「無詠唱じゃ駄目なの？」

「いや、駄目ではないが威力が大幅に下がり、とても実戦では使えない。まぁ、魔力を大量に注ぎ込めば威力が上がるという裏技はあるが、その量が尋常ではないため、結局は詠唱した方が良い、という結論だな」

なるほど。

それにしても詠唱かぁ……。

こう……この世界の人たちにとっては普通かもしれないけど、俺からすればちょっと恥ずかしい。

全力でこっ恥ずかしい台詞を言う訳でしょ？

魔法や詠唱の前に、まずは羞恥心を捨てないと。

……出来るかな？

う～ん……その時になってみないとわからない。

でも親友たちなら…………………恥ずかしがらずに出来るかも。

もしそうなら、是非ともその姿を見たいもんだ。

様になってそうだし。

それと、オリジナルの魔法を創る事も出来なくはないが、相当難しいだけでなく、大前提として魔法の神様が必要なので、今は完全に不可能だそうだ。

「ふ～ん……ところで、俺も魔法って使えるの？　正直にお願いします！」

「う～ん……」

アドルさんが唸りながら俺を見る。

え？　そんな悩まないとわからない事なの？

「……極微量だが魔力を感じる事は出来なくもないが……今は無理だがこれからの努力次第で、という感じだろうか」

「つまり、まだまだって事ですね？」

「そう。まだまだって事だ」

悔しくなんてない。

……ただ、なんとなく勘だけど、親友たちは問題なく使えそうな気がする。

でも、こんな魔物が居て戦争中の危険な世界なら、そっちの方が良いのは間違いない。

魔法が使えると使えないとでは生存確率からして全く違うだろうし、親友たちの状況がわからない以上、そういう気がしている方が心に優しい。

大丈夫……親友たちなら大丈夫。

お互い無事に会える事を信じて……。

そんな事を考えている間に夜になり、野宿の準備。

まぁ、これまでも洞窟内で寝泊まりしていたので、野宿といえば野宿だけど。

ただ、今晩はこれまでと明確に違う点が一点あった。

手伝わなくても良いと言われてその通りにした晩御飯の内容。

豚の魔物の肉。亀の魔物の肉。なんかの肉。

塩胡椒をまぶし、ニンニクも使用されている。

サラダもあるにはあるが、肉類の圧というか、確実にそっちがメイン。

「なんか今日の晩御飯は……凄いですね」

エネルギッシュな感じ。

明日行くところ……本当に大丈夫なんだろうか？

逆に不安を覚える。

でも、とても美味しかった。


そうして翌日。目的としている場所に辿り着く。

そこは森の中にある小さな神殿。

太い柱を使用した重厚な造りで荘厳な雰囲気を醸し出しているが、神殿の色は真っ黒で統一されていた。

…………真っ黒って埃が目立つから掃除しやすいかもしれないけど、割れたりした場合は逆に目立たないだろうから、気付くのが遅れないかな？

だったら真っ白の方が……いや、真っ白は真っ白で気付きづらいか。

いや、違う。

今問題にすべきは、こんな森の中に突然神殿がある事だ。

どことなく周囲の風景と合っていないように見えるのは気のせいだろうか？

……ポツンと神殿だけがあるのがいけないのかな？

もう少しこう……敷地と、それっぽいモノが周囲にあれば違っていたのかもしれない。

なんて事を考えていると、アドルさんから声をかけられる。

「……何か見えるか？」

「え？　見えるかって、真っ黒な神殿があるじゃないですか」

「なるほど。きちんと目印がある訳だな」

「……ん？　どういう事？　目印って」

「言葉通りの意味だ。私たちには、ただ森が広がっているようにしか見えていないからな」

私たちって、インジャオさんとウルルさんも？

視線を向ければ、頷きが返される。

説明求むと、アドルさんに視線を向けた。

「これも予言の神から聞いた話だ。この世界の者では見えず、触れず、入れないようになっている結界が施されている、とな。予言の神も結界のある場所はわかったが、その内部を見る事は出来なかったと言っていた」

そう言うと、アドルさんは黒い神殿に向けて歩いていく。

けれどその途中で、その姿が消えた。

その事に驚いていると、アドルさんがこちらに向かって来るような形で姿を現す。

「こちらの感覚としては何も感じない。ただ通り過ぎているだけだ。ある程度距離が離れていれば消えたように見えるかもしれないが、普通は気付かないだろうな」

はぁ～……そんな結界が施されているんですね。

境目がわからないから余計に気付かないだろうな。

……それにしても、どうして結界って大体無色透明なんだろうか？

もっと色があっても良いんじゃない？

赤とか青とか黄とか…………内も外も視界が悪くなるだけか。

やっぱなしで。

「それと、これが重要であり、アキミチにやって欲しい事になる。この結界内に、神が封印されているのだ」

……つまり、俺には見えている黒い神殿内に、神様が封印されているって事か。

しかも、この場で入れるのは俺一人だけ。

目的がわかって……急に心細くなってきた。

いや、待てよ。まだ中に入ると決まった訳では――。

「アキミチにやって欲しいのは、単独で侵入し、神を封印から解き放って欲しいという事だ」

やっぱそうなるのかぁ～。

しかも、鍛錬したって事は、戦いの予感。

間違ってなかったね、この予感。

全然嬉しくないけど。

しかし……本当に大丈夫なんだろうか？

確かに鍛錬はしたけど、自分の強さに自信を持てないので、もっと時間をかけた方が良い気がする。

そう提案する前にアドルさんが言う。

「予言の神によると、召喚されたアキミチの友たちは、大魔王軍に対抗するために必要な存在との事だ。だが、それだけでは勝てず、勝利のためにはやはりスキルの恩恵が必要らしい」

「……どうして今、そんな話を？」

いや、神様を解放する事が俺の役割で、それが親友たちの助けになるというのなら、もちろんやりますけど……。

「時間が決められているからな。早々に覚悟を固めて貰わないといけない」

そう言われて直ぐ固まったら苦労は……ん？

「時間が決まっているってどういう事ですか？」

「明日の昼までに神を解放しないと、アキミチの友たちが危ないらしい」

「らしいって？　アドルさんたちもわかっていない？」

「あぁ。詳細は私たちも知らない。予言の神からそう教えられただけだ」

そういう事は最初に言って欲しい。

いや、直前だからこそ、覚悟を固める効果があるのかもしれない。

……………。

……………。

わかった。それが親友たちを救う事になるというのなら、やってやろうじゃないか。

よっしゃー！　と両頬を叩いて気合注入。

行ってくる、とアドルさんたちに向けて頷き、黒い神殿に向かって進む。

「私たちは入れないが助言などは出来る！　もし危険を感じたならば引き返して来い！」

「わかった！」

「「頑張って！」」

「おー！」

答えながら進む。

その途中、何か膜のようなモノに一瞬だけ引っかかる感触があった。

例えるなら、蜘蛛の糸に引っかかったような感じ。

結界を越えたって事かな？　と考えながら、黒い神殿の入り口――荘厳な扉を開いて内部の様子を確認する。

神殿自体が真っ黒なので、中も真っ暗……じゃなかった。

なんか壁の一部がところどころ光っているので、それなりに明るい。

……まぁ、真っ暗で見えないよりかは良いか。

ライトなんてないし、今の状況なら松明(たいまつ)か？

松明って存在は知っているけど、実際はどれくらい明るいんだろう？

ライトみたいに指向性がないのはわかるけど。

関係ない事を考えて恐怖心を紛らわせてみたが、思っていたほど紛れない。

こういう対処方法は向いていないのかな？

とりあえず、一旦大きく深呼吸してから足を前に。

外から見えていないという事もあり、勢いでここまで来たが、恐る恐る入って内部を確認。

大して広くなかったので、直ぐに把握。

地下に向かう階段がある以外、特にコレといったモノは何もなかった。

…………。

…………。

行くしか、ないよね。

罠がないとも限らないので、ゆっくりと下りていき……その先にあったのは短い通路と、突き当たりに幾何学模様が描かれた扉。

幾何学模様は、どことなく魔法陣のように見えなくもない。

……ここかな？

鍵穴はなく、押すだけで動く。

本当に形だけの扉だった。

……えっと、もしかしてだけど……コレだけ？

なんだ、楽勝じゃないか。

そう思ったのが、きっとフラグだったんだろう。

扉を開けた先にはそれなりに広い部屋があり、ついでに魔物が居た。

「…………」

その魔物は牛頭人身の、俺の倍くらいはありそうな巨大な体軀……確か、ミノタウロスと呼ばれる存在が、あぐらをかいていた。

その近くに巨大な斧が置かれているのも気になるが、もっと気になる事がある。

首から光り輝く玉を提げているのだ。

……もしかしてだけど、アレに神様が封印されているのかな？

他にそれらしいのが見当たらないので、多分そう。

……よし。内部確認も済んだ事だし、一旦戻ろう。

アドルさんたちと相談だ！　と思った瞬間、ミノタウロスとバッチリ目が合った。

「…………」

「…………」

出会いの基本は……挨拶だよね？

とりあえず、どもっ！　と少し頭を下げると、向こうも下げてくれた。

あれ？　意思疎通が出来るし、もしかして良い魔物？

そんなのが居るかどうかはわからないけど、初めから居ないと断ずるよりは、居ると思う方が浪漫だ。

あれ？　なんの話だっけ？

「……グオォ？」

おかしい……挨拶を交わした仲なのに、なんか俺を見る目が獲物を見るような……。

バタン！　と急いで扉を閉じ、階段を駆け上がって黒い神殿を出て、アドルさんたちと合流する。

「いやいやいやいや！」

「随分と早かったな。どうした？」

「無理無理無理無理！」

「そう慌てるな。落ち着け、落ち着け。まずは深呼吸だ。吸ってー」

すー……。

「吐いてー」

はぁー……。

…………。

……………。

「随分と寛いで、良いご身分ですね」

アドルさんたちは、何やらテーブルと椅子を用意して、ティータイム中だった。

「「「ははははは」」」

とりあえず、一緒に笑っておく。

「それで、どこからそんな物を用意したんですか？　思い返せば、俺用に用意された物も」

「あぁ、それはコレだ」

そう言って、アドルさんが指し示したのは、ウルルさんが手に持っている袋。

「『アイテム袋』という魔導具で、簡単に言えば見た目に反して多くの物を収納出来る袋だ」

あぁ、一度は誰でも夢見る素敵袋か。

俺ももしあったらと考えた時があるけど、旅行や引っ越しが楽だなとか、部屋がさっぱり出来るし、模様替えも簡単だな、くらいしか思い付かなかったな。

あっ、でも、エロ本を隠せる場所に向いて……いや、逆にそこしかないと特定されかねないから、隠し場所はしっかりと考えないと危ない。

「ついでに一杯どうぞ」

「ありがとうございます」

ウルルさんからティーカップを渡され、一口。

う～ん……美味い。

ほんと、ウルルさんの性格からは考えられない美味さ……じゃなくて！

俺は早口で、神殿に入ってからの事を伝える。

聞き終わると、アドルさんたちは考え込んだ。

「……ミノタウロスか。恐らく、その光る玉に神が封印されているな」

「ミノタウロスですか……それなりに狩りまくりましたね」

「二人一緒に追い回していた日が懐かしいわ」

う～ん……アドルさんは神妙なんだけど、インジャオさんとウルルさんの懐かしエピソードが気になる。

つまり、追いかけ回して、狩りまくっていたって事だよね？

そんな恐ろしい事を平気でしていたのか……凄さしかない。

もうアドルさんたちがどうにか……あっ、中に入れないのか。

「インジャオ。率直に聞くが、今のアキミチの力でミノタウロスをどうにか出来るか？」

「無理ですね」

バッサリ即答！

心が傷付くよ！　……事実だけど。

「確かに強くはなっていますが、まだこの世界の標準くらいだと思われます。自分たちが手伝えない以上は、何かしらの対策を講じるべきかと」

「……そうだな。幸いにしてまだ時間はある。入念な準備を行い、作戦を考えるか」

「そうですね。自分もそれが良いかと」

「とりあえず、アキミチに足りないのは単純に武力だ。今は武具で補うしかない。ウルル、何か使えそうなモノはあるか？」

アドルさんの言葉を受けて、ウルルさんがアイテム袋の中を漁る。

そういうのも用意していたのか。

でも、今は単純に武力が足りないと言われて、ちょっとショック……だけど事実だ。

まずはそこを受け入れないと、先には進めない。

弱いからこそ、工夫して勝たなければいけないのだ。

そんな事を思っている間に、ウルルさんがアイテム袋の中から何本も種類別の剣を取り出し、インジャオさんが吟味していた。

「……これだと重い……長過ぎる……」

中々決まりそうにないので、ふと思った事をアドルさんに尋ねる。

「アドルさん。アイテム袋って貴重なんですか？」

「いや、割と出回っている。といっても一人一人が持てている訳ではないが」

それなりって事かな？

う～ん……普通はこういうのって貴重で、それで驚き、狙われ、返り討ちの三コンボが発生するはずなのに。

まぁ、たくさんあって困る物ではないので、便利で良いじゃん！　て感じに受け止めておこう。

もしかしたら、思っている以上に、この世界は文明レベルが進んでいるのかもしれない。

………………ちょっと待って。

あれ？　文明レベルとか言っちゃったけど、俺がこの世界で訪れた場所って……草原、森、川、平原……くらいの大自然だけ。

早く文明に触れた～い。

まだ見ぬ町はどんなだろうかと思いつつ、アドルさんたちと一緒に、ミノタウロスに勝つための作戦を煮詰めていった。

2

期限は明日の昼まで。

それまでに俺だけでミノタウロスを倒して、光る玉から神様を解放……ん？　あれ？　別にミノタウロスは倒さなくてもよくない？

光る玉を奪っちゃえば……奪えるとは思えないけど。

なので、結局は倒すしかない、か。

どっちにしても出来そうにないが、それでもやるしかない。

この成否に、親友たちの命が懸かっているのだから。

なので、何がなんでも勝つ！　と意気込んで、アドルさんたちと一緒に考えた作戦を遂行する。

作戦名　「鍋でグツグツと煮詰めすぎると形が崩れる作戦」

作戦立案：アドルさん。

この作戦は簡単だ。

要は、ミノタウロスの攻撃から死ぬ気で逃げ回って、疲れるのを待つだけ。

相手が疲れれば隙が生じる。

そこを突くのだ。

そのため、フットワーク優先の装備。

軽装を身に纏い、もしもの時のための片手で持てる盾。

それと、ミノタウロスが疲れてから本領を発揮する武器として、豪華な宝飾付きの取り回しやすい剣を持つ。

アドルさんたちの話だと、この剣ならミノタウロスの皮膚を容易に斬り裂く事が出来て、盾はミノタウロスの強烈な一撃に耐える事が出来るそうだ。

これで勝てる……か？

………………。

………………。

いや、不安になっちゃ駄目だ。

俺一人でも勝つために考えられた作戦なんだから、あとは実行するだけ。

確かに怖いけど……親友たちのためにやり遂げてみせる！

必要なのは、勇気。

胸を叩いて奮い起こし、黒い神殿に向かって、ミノタウロスと対峙する。

ミノタウロスは当たり前だけど、普通に居た。

斧を構えて。

うん。こっちもあっちも準備万端。

「さぁ、勝ちにいこうか！」

作戦通りに進めていく。

ミノタウロスが俺よりも強いのは当たり前だ。

だからこそ、慎重に上手く立ち回らなければ直ぐにやられてしまう。

攻撃は考えず、ミノタウロスの攻撃を回避し続ける事に専念し、それでも危ない時は盾を使って防ぐ。

動きは最小限に。

重要なのは、相手を疲れさせる事だ。

正に死ぬ気で逃げ回った。

無様でも息が切れそうでも踏ん張って……先にへばった。

何とか逃げ出し……疲れ切っているので長剣を杖代わりにして……アドルさんたちのところへと戻る。

「というかさ、普通に考えれば、俺とミノタウロスとじゃ、基礎体力が違い過ぎるよね！」

あぁ、確かに！　と、アドルさんたちが手を打つ。

今気付いたんかいっ！

……………何か不安になってきた。

一旦休憩して、次の作戦に移る。

作戦名　「油が跳ねるので少し離れた位置から味を調える作戦」

作戦立案：ウルルさん。

そのウルルさんが、アイテム袋の中から弓と矢筒を取り出す。

要は、近付くから攻撃されるのであって、近付かずに遠くから、つまり遠距離から一方的に攻撃すれば良い、という事である。

「……えっと、もうオチが見えそうなんだけど」

「奇遇だな。私もだ」

「う～ん……弓を鍛える暇はありませんでしたし……」

否定的な俺を含めた男性陣。

「ふんっ！」

ウルルさんが拳一発で近くにあった木を殴り折る。

「何か言った？」

そう問うウルルさんは笑み。

「よぉし！　頑張るぞー！　おー！」

「「おー！」」

俺を含めた男性陣は高々と拳を掲げた。

やる気は充分。

弓を手に、矢筒を担いで、黒い神殿地下の扉前まで移動する。

弓に矢を番え、背中を扉に預けて……準備完了。

背中で押して扉を開き、室外から射撃！　射撃！　狙撃！

しかし残念ながら、弓に関して俺は完全に素人であり、上手く射る事が出来ず、狙いは外し、届かない上に、当たっても刺さらない、の三コンボ。

「ブオオオオッ！」

鬱陶しいとミノタウロスがマジギレしたので、即座に撤退。

振り返りながら矢を放つ。

「ブオオオオッ！」

てめぇ！　調子こいてんじゃねぇぞ！　と部屋を出て追いかけて来た。

ヤバいヤバい！　これはヤバい！

現実はゲームと違ってエリア外でも平気で追いかけて来る。

ダメージ食らってないのに、そこまで怒らなくても良いじゃないか！

矢を射るのはやめ、逃げる事に専念。

足をとめずに黒い神殿の外まで逃げ延びると、ミノタウロスは外に出て来なかった。

思いっ切り俺を睨んだあと、中に戻って行く。

……………。

…………怖っ！

助かった事にホッと安堵しつつ、気付く。

寧ろ、あのまま追い続けて貰って、結界の外に出てくれた方がよかった。

そうすれば、アドルさんたちが簡単に片づけてくれたのに。

惜しかった……と思いつつも、まずはアドルさんたちのところに戻る。

一旦休憩

「……つまり、一本も刺さらなかった、と？」

「は、はい」

正直に結果を報告すると、ウルルさんの圧力が増した。

しかも何やら料理中だったようで、包丁を装備している状態。

怖い。

なので、出来れば包丁から手を離して欲しい。

それと、出来るだけ包丁から距離も取って欲しい。

アドルさんとインジャオさんから、懇願するような視線を向けられる。

大丈夫。わかっているって。

「作戦は悪くなかったと思います。ただ、俺にその実行力がなかった」

アドルさんとインジャオさんがうんうんと頷く。

「と見抜いていたにもかかわらずとめなかったアドルさんとインジャオさんが悪いと思います」

一気に言う。

アドルさんとインジャオさんが、裏切ったな！　と俺を見る。

すみません……生贄が必要だと思ったんです。

でもほら、俺はこれからやる事があるので……と笑みを返す。

先に動いたのはアドルさん。

「いや確かにそうかもしれないが、アキミチを主に鍛えていたのはインジャオだ。どちらかといえば、インジャオの方ではないか？」

インジャオさんも遅れて動く。

「ですが、こういう風に鍛えるべきだと指示を出していたのはアドル様ですから、ここはやはり、上の者が責任を取るべきであると自分は意見します」

アドルさんとインジャオさんが睨み合い、一瞬チラッと俺を見た。

「だが、アキミチにも責任はあるのではないか？」

「そうですね。練習なしでも出来る器量があれば、今回の問題は起こらなかった訳ですし」

裏切ったな！

責任の所在が、俺たちの間をぐるぐると回る。

「……つまり、三人共に責任があるって事だよね？」

両手に包丁を持つウルルさんからそう問われる。

包丁を使う時は片方の手で一本持って、もう一方の空いた手は猫の手で食材を押さえ付けるんだよ？

そんな初歩的な事を知らないウルルさんじゃないでしょ？

…………。

…………。

追いかけ回された。

包丁は投擲武器じゃないから！

余計な体力を使ってしまったので、その分、回復が少し遅れる。

完全回復してから、次の作戦を実行に移す。

作戦名　「魚を焼く時に閉め切っちゃうと煙臭くなる作戦」

作戦立案：インジャオさん。

内容としては、換気をよくするんじゃなくて、閉め切っちゃう方。

ミノタウロスが室内に居る事を利用し、アイテム袋の中にあった、濃厚で大量の煙を発する「煙玉」を使用して、それを室内に放り投げて扉を閉める。

あとは待つだけ。

本来、「煙玉」は逃走に使うのが一般的。

つまり、もの凄く簡単に言うなら、一酸化炭素中毒。

「やはり無機物になったからこそ気付くといいますか、呼吸が必要な者ならこれで一発です。状況的にも可能ですし」

インジャオさんが顎に手をやりながら、うんうんと頷く。

まさかの、えげつない手段。

インジャオさんがそんな事を提案するなんて、ちょっとショック。

「……何やらアキミチが落ち込んでいるように見えるのですが、どうかしたのでしょうか？　アドル様」

「さぁ？　少しもわからん」

礼儀正しくて……美人獣人女性とお付き合いしている、気の良い骸骨さんだと思っていたのに。

……………でもまぁ、楽に倒せるのなら問題ない。

その案、採用で！

「何やら急に元気になりましたよ？　アドル様」

「元気になったのなら、それで良いのではないか？」

何やらアドルさんとインジャオさんが首を傾げている。

疑問に思うような事でもあったのだろうか？

さっぱりわからない、と首を傾げる。

という訳で、煙玉をいくつか持って、黒い神殿地下に向かう。

……扉全開で、ミノタウロスが部屋の中で待ち構えていた。

……前回、煽り過ぎてしまったのかもしれない。

早くも終了の予感……いや、諦めちゃ駄目だ。

盾を構え、いつでも逃げられるように腰を引きつつ、ゆっくりと扉に近付いて行く。

扉に手を付けた瞬間、ミノタウロスと目が合う。

「――っ！」

即座に煙玉を発動させて投擲し、扉を閉める。

開けられないように背中で押し続け……反動がない。

……五分後。

そっと開けて中を確認。

煙は一切なかった。

…………あれ？　どうして？

不思議に思っていると、ミノタウロスが天井を指差す。

……わぁ～、穴だらけ。

外からの光が漏れているところもあって幻想的。

…………。

「…………一旦帰ります」

ミノタウロスから、しっ！　しっ！　と追い立てられる。

くそぉ……。

「俺が考えた訳じゃないんだからなぁ～！」

とりあえず一言だけ言ってやった。

癪に障ったのか、追いかけて来たので全力で逃げる。

アドルさんたちのところに無事に戻り、天井にいくつも穴がある事を教えた。

「…………………」

インジャオさんが無言で大剣を抜き、一本の木を根元から斬り、そのまま何度も何度も斬り刻んでいく。

……怖い。

割り箸をたくさん作っているんだと思っておこう。

「ウルル、あとで慰めてやってくれ」

「はーい！　任せて下さい。あっ、今は触れちゃ駄目だよ、アキミチ」

「……はい」

進んで触れようとは思いません。

「しかし、これで一通りの作戦を実行したが、どれも上手くいかず、か」

アドルさんが申し訳なさそうな表情でそう言う。

でも、俺は別に気にしていない。

そもそも、俺が弱いために作戦を立てているのだ。

今あるモノだけでどうにかしなければいけない以上、失敗は当然というか、失敗から学び、少しずつ修正していけば……きっと正解に辿り着けるはず。

……大丈夫。時間はまだ残されている。焦る時間じゃない。

大きく息を吸って〜……吐いてぇ〜…………………よし。

「大丈夫ですよ、アドルさん。次に行きましょう」

笑みを浮かべて言う。

迷っている時間があるのなら、動くべきだ。

3

新たに作戦を練って実行していくが、どれも不発に終わる。

それを繰り返していく内に……気付く。

俺とミノタウロスとの違いに。

「体軀」

「強さ」

「種族」

どれもそうだけど、今はそれじゃない！

「……はぁ〜」

息を吐き、本当にわからないの？　という視線でアドルさんたちを見る。

「器の大きさ」

「心の広さ」

「度量」

確かに違うけど……ちょっと待って。

多分だけど、同じ事を言っているよね？

しかも、俺の方が悪いみたいなイメージで。

そっちがその気なら。

「違います」

そんなの気にしていませんというようなニッコリ笑みを浮かべて返す。

すると、アドルさんがギリリ……と何かを我慢するような表情を浮かべ、インジャオさんとウルさんを集めて円陣を組み、相談を始めた。

……あれ？　なんかちょっと疎外感。

俺もその円陣に組み込んで欲しい。

そう言う前に円陣は解かれて、三人が俺を見る。

「「「頭脳」」」

いやそんなの元から……これもちょっと待って。

さすがにそれはアレだよね？

「俺が上って意味で言っているよね？」

誰とも視線が合わなかった。

いやいやいやいや。

ちょっと腰を据えて話し合いをしましょうか……そんな時間はない、というかもったいないからしないけど。

でも、あとで絶対話し合いな！

「正解は、『補給』です」

そう、俺とミノタウロスとの違いは、補給があるかないか、だ。

俺には補給があって、ミノタウロスにはない。

つまり、補給出来ないモノから攻略していけば、追い詰められるのはミノタウロスの方である。

そう説明すると、アドルさんたちも納得の表情を浮かべた。

全員が納得したところで、再び円陣を組む。

今度は俺も組み込んで。

そのままアドルさんたちとの話し合いによって最初に攻略するモノを選び、それをどう壊すか、攻略に合わせた装備を用意して貰う。

そして、準備万端の状態で、ミノタウロスとの戦いを始める。

「グオオオオッ！」

ミノタウロスが叫びながら斧を振り下ろす。

俺は焦らず冷静に、体の半分くらいが隠れそうな大きな盾を両手で構えて……受け止める。

衝撃が凄まじいが、歯を食いしばって我慢。

足も前に出して、後ろに下がらないように耐えた。

時折盾ごと弾き飛ばされそうになるが、その時は自ら後方に跳ぶ事で緩和させる。

この技術は、鍛錬中にインジャオさんから教わった。

いや、そもそもこれまでの鍛錬がなければ、こうしてここまで動く事も出来なかったと思う。

あとで感謝の言葉でも贈っておくべきかな？

おっと、今は目の前の事に集中。

「ハッ！　そんなモンか？　大した事ねぇぞ！」

言葉が通じるとは思えないけど、雰囲気は伝わると思う。

「グワオオオッ！」

軽い挑発に反応して、ミノタウロスが激昂する。

漏らさない自分を褒めたい。

もう何度も受け止めているので両手が痺れそうだけど、それでも盾の持ち手をしっかりと握り締め、ミノタウロスの動きを見極めるために、目はしっかりと開けておく。

横薙ぎに振るわれる斧を盾で受け止め、そのまま弾き飛ばされ……即座に立て直して、盾を構える。

俺とアドルさんたちで話し合い、最初に攻略するモノとして選んだのは……斧。

壊れても替える事が出来ず、攻撃手段の一つを失う事になるのだ。

だからこそ、最初に破壊する。

この盾は、そのための盾。

アドルさんたちが持っている盾の中で一番強固なモノを選んで貰った。

もしこの盾が壊れても次の盾があり、斧には蓄積ダメージが残っているので、壊れるのは時間の問題、という訳だ。

あとは、俺がその時まで耐え続けるだけ。

……あれ？　もしこれで壊れたら、弁償？

誰が？　俺が？

…………よし。助けた神様に弁償して貰おう。

「グオッ！」

ミノタウロスが振るう斧の一撃で、体ごと盾が吹っ飛びそうになった。

危ない危ない。

今は集中集中。

そして、斧の破壊だけを目的にして行動していく。

インジャオさんが言うには耐久度は盾の方が高いはずなので、俺がミスしなければ、先に壊れるのは斧のはずだ。

ただ、その前に俺の体力が尽きるのは間違いない。

基礎体力は、ミノタウロスの方が上なのだから。

なので、アドルさんたちから、ほんの僅かでも危険だと判断したり、盾を持つ両手に僅かでも力が入らないと思ったら、即座に戻って来いと言われている。

時間はまだ残っているし、体力は回復出来ても、斧の蓄積ダメージは回復しないのだから。

という訳で、遠慮なく撤退。

適度にアドルさんたちのところに戻って、休憩を挟む。


休憩時間は用意されている椅子に腰を下ろし、インジャオさんに汗を拭いて貰ったり、ウルルさんから両手両腕両足にマッサージを受けたりと、完全脱力してなされるがままである。

……あぁ、マッサージ気持ち良い……駄目になりそう。

「……顔が緩みきっているな」

あぁ……アドルさんか……なんで呆れたような目で俺を見ているの？

不思議に思っていると、アドルさんは手に持っていた小瓶を俺に渡してくる。

透明な小瓶で、中には白い液体。

「……これは？」

「回復薬だ。傷にも効くが、体力も少しは回復するから飲んでおけ」

「ありがとう」

感謝の言葉を述べ、一気に呷(あお)る。

…………。

「……ほんのり甘くて美味しい」

近い味は……牛乳？

「何だ？　不満気な表情だが、不味いとでも思っていたのか？」

「いやだって、こういうのは不味いのが基本でしょ？　傷を回復出来るのは良いけど、不味いのだけが難点だ、とか何とか言っていて、そこへ俺や親友たちがババ～ン！　と美味しい回復薬を作る……という感じになるんじゃないの？」

思った事を口にすると、三人から呆れた視線。

「……よく考えてみろ、アキミチ」

「不味い回復薬に需要があると思っているのですか？」

「効果さえしっかりしていれば良いんだから、他が改良されるのは当たり前」

……言われてみればそうだよね。

効果が同じで、美味しい薬と不味い薬、どっちが欲しいかと問われれば、まず間違いなく美味しい方だろう。

それに、美味しいからこそ、こうしてしっかりと休憩が取れている訳だし、美味しい回復薬を作った人に心の中で感謝しておこうかな。

「なるほど。味が不満だったのだな。なら他にも、『リンゴ味』と『オレンジ味』があるから、好きなのを選べば良い。『イチゴ味』や『マスカット味』も存在はしているが、今は時期的に手に入らないから、そっちは諦めろ」

ジュースかっ！

いや、確かに飲むとそんな感じだったけど……駄目だ。疲れで頭が回らない。

もうそういう世界って事で良いや。

思考はミノタウロスとの戦いの方に集中したい。


そうして何度も何度も挑み続け、何度も休憩を挟んでいく。

陽が落ち、夜になろうとも、やる事は変わらない。

すると、ミノタウロスにも疲れが見え始める。

戦闘中はミノタウロスの方が動いているし、同じ時間休憩を取っているけど、サポートありとなしとでは回復量が違うからだろう、とアドルさんが解説してくれた。

ただ、重要なのは、疲れてきたという事は、それだけ動きも悪くなっていく、という事である。

疲労状態では、さすがのミノタウロスでも満足に斧を振るう事が出来なくなっていき、徐々に雑な大振りが増えていく。

その雑な大振りが振るわれた瞬間、俺は狙って盾を前に突き出す。

盾と斧がぶつかり合い――バキィンッ！　という音と共に、斧が砕けた。

「グオオッ！」

ミノタウロスから驚いたような声が上がる。

集中を切らさないように、ふっふーん！　と喜びそうな気持ちを必死に抑えた。

武器しか壊していないし、ミノタウロス自体は健在なのだ。

まだ、戦いは終わっていない。

「グオオオオオオオオッ！」

ミノタウロスが怒りの咆哮と共に襲いかかってきた。

武器を失ってもその戦闘意欲はなくなっておらず、大振りで殴りかかってくる。

俺が盾で防いでも、そんなのは関係ないとでもいうように思いっ切り殴ってきて、衝撃が凄まじい。

しかも乱打。

衝撃で盾を離さないようにする事だけしか出来ない。

でも、これは良い傾向だ。

いくらミノタウロスの拳でも、こっちの盾の方が硬い……多分。

地力じゃ通じないし、装備品頼りの戦いだけど……次はその拳を破壊してやる！

そして、これまでと同じく繰り返し挑み続け……陽が昇り始めた頃、ミノタウロスの両手足から血が滴り落ちるようになっていた。

ただ、いくら休憩を挟んでいるとはいえ、俺も既に限界が近い。

「はぁー……はぁー……はぁー……」

休憩中でも、荒い呼吸が一向に落ち着かない。

「良いか。既に限界は近い。少しでも気を抜けば動けなくなると思え」

「期限は昼までと曖昧ですので、一戦にかかる時間を考えると、次で決めないと危ないかもしれないという事を心に留めておいて下さい」

「もうひと踏ん張りだから、頑張って！」

アドルさんたちの言葉に答える余力もない。

今は少しでも力を取り戻すために、回復に専念する。

アドルさんたちもその事はわかっているのか、返事をしなくても気にせず、伝えるべき事を伝えているような感じだ。

「良いか。アキミチのこれまでの戦いによって、ミノタウロスの体は傷付き、かなり疲労しているのは間違いない。決めるなら一撃で決めろ。頭部を狙え」

「ですが、体格が違いますので、自分が策を授けます」

インジャオさんから策を貰う。

あとは、それが実行出来るように体を休め、ある程度動けるようになったのを確認すれば、黒い神殿地下に向かった。

休む時間が長くなると、その分、ミノタウロスも休める事になるし。

それに、今回はこれまでとは違い、盾だけではなく、剣を腰に提げている。

……これで、決めるために。

そして、ミノタウロスとの最後の戦いが始まった。

結果は二つしかない。

俺が死ぬか、ミノタウロスが死ぬか、だ。

「いくぞっ！」

「グオオオオッ！」

俺のかけ声に、ミノタウロスが反応して襲いかかってきた。

ミノタウロスも察しているのか、最初から全開で俺を殺しにきている。

既に満身創痍でもお構いなしで、拳を振るって、蹴り飛ばそうとしてきた。

でも俺の基本方針は変わらない。

耐えて……耐えて……その時が来るのを待つだけだ。

今だけは、時間は考えない。

焦ってミスして終わるのが目に見えている。

数秒か……数分か……数時間か……。

俺は耐え続け……遂にその時が来た！

「グゥッ！」

遂に我慢の限界がきて、ミノタウロスは傷付いた両手足の痛みに反応して動きが一瞬とまり、隙が生まれる。

そこを狙って、俺は盾を大きく振り上げ……一気に振り下ろす。

振り下ろす先は、ミノタウロスの足先。

そこに盾が突き刺さる。

その痛みに、ミノタウロスが片膝をついた。

残った力の全てをそこで振り絞る。

突き刺さっている盾を足場にしてミノタウロスの頭上まで飛び上がり、鞘から剣を抜き……力を最大まで込めるために両手で持つ。

そのままミノタウロスの頭部に、思いっ切り突き刺した。

「ギャグワアアアアッ！」

断末魔のような叫び声を上げて、ミノタウロスが暴れながら前のめりに倒れる。

その際に拳が当たり、俺は壁まで吹っ飛ばされた。

……まだだ……気を失うな。

痛む体を叱咤して、壁を支えにゆっくりと起き上がる。

閉じそうになる目に力を入れて開き、ミノタウロスへと視線を向けた。

「…………」

……ミノタウロスは全く動かない。

ゆっくりと近付き、体を揺すって起きないかを確認した。

…………。

反応がない。既に事切れている。

沸々と、勝利を実感していく。

「……う……うおおおおっ！」

俺は勝利の雄叫びを上げた。

4

「すいませ～ん！　何か上が重くて出られないんだけど！　誰か居るなら手伝ってくれない？」

声が聞こえた方へと視線を向ければ、ミノタウロスの下から人の手が出ていた。

ひっ！

なんでミノタウロスの下から人の手が出ているの？

え？　ホラー？　ここにきてホラーなの？

いや、待てよ。

もしかして……ミノタウロスは、超精巧な着ぐるみだったんじゃ。

つまり今、あの手を出している人は……中の人って事？

「すみませ～ん！　ほんと、誰か居ませんか？　ちょ、息が……獣臭いし……」

手がぶんぶんと振られ、必死感が伝わってくる。

……そうだよね。さすがに着ぐるみはないか。

とりあえず、引っ張り出した方が良いかと、飛び出している手を掴む。

「すみません。今、引っ張り出しますので」

「助かった。宜しくお願いします。ほんと、このまま放置されて、存在が忘れられるのかと思って……」

よくわからない事を言っているが、とりあえず引っ張る。

…………。

…………。

「もう力が残っていないので、ちょっと無理ですね」

「諦めないで！　お願いだから諦めないで！　見捨てないで！」

「いや、諦めるとか見捨てるとか、人聞きの悪い。今は引っ張り出せる力がないだけなのに……ちょっと外で休んできます」

「うん。そうだよね！　今のは僕の言い方が悪かった！　謝るから！　ほんと謝るから、どこにも行かないで！」

「でも、外で休んだ方がしっかり休めるから、その方が早く力が戻るし」

「大丈夫！　ちょっとずつ、ちょっとずつで良いから！」

う〜ん……まぁ、そう言うのなら。

本当に体に力がほとんど入らないけど、それでも頑張る。

少しずつ引っ張り出していき、足先まで引っ張り出すと、その人は立ち上がって埃を払い、俺に向かって片手を上げて、ニカッと笑みを見せてきた。

「いや～、ほんと助かったよ！　ありがとう」

そう言った人は、自分の上に乗っていたミノタウロスの死体を見て、「うわっ！」と驚く。

俺も驚いていた。

その人物は、白髪白目の可愛らしい少年なのだが、肌も白く、服装も白のTシャツ短パンと、全体的に白い。

それに、感じる雰囲気が何というか……見た目は人なんだけど人っぽくないというか……。

浮世離れしている見た目のせいかな？

「僕って見た目通りの非力だからさ。こんな重いのが上にあったら、もう身動き取れないよね～」

「は、はぁ……」

親しみやすい笑顔を向けてくるが、正直誰だろうという困惑が先にきた。

表情に出ていたのか、白い少年が思い出したように手を打つ。

「あぁ、ごめんごめん。僕が誰だかわからないよね。それと、アキミチくん……で合っているよね？」

「え？　どうして俺の名前を？」

「どうしてって、予言のから聞いていたからだよ。僕を封印から解放してくれるのは、アキミチって名前の子だって」

「予言の？　……という事は」

「そう、ご察しの通り、僕は『武技の神』だよ」

…………………。

…………………。

「かみ？」

「神」

「……えぇと、俺が解放した？」

「そう」

「……記憶にないんですけど」

「え？」

「え？」

武技の神と名乗る少年と揃って首を傾げる。

「えぇと、何かこれぐらいの、光る玉を壊さなかった？」

少年が両手を使って、大きさを示すように玉を作る。

なんか最近見たような……あぁ！　そういえば、ミノタウロスが首から下げていたヤツ！

合点がいった俺は、ポンと手を打つ。

「ミノタウロスが倒れた時に壊れたのか」

「なるほど。だから僕の上に牛の魔物が居たのか」

揃って、うんうんと頷く。

というか、そんな簡単に壊れるモノだったのか、それともミノタウロスを倒したから壊れたのか、その判断が付かない。

いや、あと一つ、ミノタウロスは巨体だから、その重量で……というのがあるか。

………………。

……………ちょっと待って。

つまり……この目の前の少年は……この世界の神様って事？

「ははぁ～！」

俺は即座に平伏した。

「いやいやいやいや、平伏なんてしなくて良いから！　寧ろ、僕はこうしてアキミチくんに助けられて感謝しかないから！　それに、これから共に大魔王軍と戦う仲間なんだから、そういうのはなし！　ほら、立ち上がって、ねっ！」

「あっ、どうも。すみません」

「いえいえ」

少年……武技の神様に立たせて貰う。

「それじゃ、まずはコレを渡しておくね。予言のから預かっていたんだ」

そう言って、武技の神様がどこからか小さな光る玉を取り出し、俺の胸に押し当てる。

すると、吸い込まれるように消えていった。

え？　何？　なんの説明もなしにやられると怖いんだけど。

「予言のが君に必要だと、色んな神から助力を得て作った新しいスキルだよ。今は体に馴染んでいく最中だからピンと来ないかもしれないけど、あとでどんなのかわかるよ」

「え？　武技の神様はどんなのか知らないんですか？」

「うん。詳細は聞いてない。渡された時は結構切羽詰まっていたからね。でも、予言のが言うには、アキミチくんがこの世界で生きていくために必要、らしいよ」

……出来れば、最初から用意しておいて欲しかった。

でも、正直言って助かるのは間違いない。

まぁ、なんのスキルか知らないけど。

……これで役立たずスキルだった、とかにならないよね？

予言の神様がドジっ子じゃない事を祈る。

「それと、アキミチくんの得たスキルも更新しておくね。……う～ん。まだ武技は発動出来ないみたいだね。残念」

はい、アウトー！

ネタばれされた気分。

「ありがとうございます」

でも感謝の言葉は伝えておく。

……ん？　目の前に神様が居て……何か忘れているような……。

「……って、そういう場合じゃない！」

「え？　どういう場合？」

「武技の神様！　親友たちが！」

「あっ、そっちの場合ね。大丈夫大丈夫。予言のが言った通りなら間に合うから。これから向かうし。でもその前に、あと一つ。予言のからアキミチ宛にメッセージを預かっているから伝えるね」

間に合うなら問題ないです。

で、そのメッセージっていうのは？

武技の神様が真剣な表情を見せる。

「そのまま言うね。未来は流動的でここから先の未来を読み切る事は出来ませんでした。この世界の命運は、あなたとそのお友達次第。勝手に呼んで勝手なお願いですけど、どうかこの世界を救って下さい。と」

「……………一つ、良いですか？」

「ん？　何？」

「今の声真似？　で良いのかな？　随分と高い声でしたけど、予言の神様は女性なんですか？」

「うん。そうだよ」

……となると、ますますドジっ子の疑いが。

いやでも、メッセージはまともだったし……どことなく苦労性の雰囲気があるような。

とりあえず、声真似が合っているかは置いておいて、予言の神様ではなく、予言の女神様だった事を謝っておこう。

　ごめんなさい。

　それにしても、この世界の命運が俺と親友たち次第ってどういう事だろう？

　俺はともかく、親友たちってそんな重要なポジションなのかな？

　そこら辺の情報が一切入って来ないからわからないんだよなぁ……じゃない！

「わかりました。メッセージは受け取りましたので、早く親友たちのところに」

「だから大丈夫だって。心配性だなぁ、アキミチくんは」

　いや、寧ろなんでそう余裕な感じなの？

　俺なんて思い出すだけで不安で一杯なんだけど……。

「まぁ、あんまりアキミチくんを不安にさせるのもなんだし、そろそろ向かうよ。頑張ってね、アキミチくん」

「あっ、はい」

「世界中の人のスキルも更新しなきゃいけないし、暫くは会えないと思う。でも、また会えるはずだから、その時は宜しくね～」

　何を宜しくするのかはわからないが、とりあえず頷いておいた。

　武技の神様が笑みを浮かべて手を振り出すと、その姿が段々薄くなっていく。

「あ、あの！　俺、親友たちにまた会えますよね？」

　思わず聞いてしまった。

「もちろんだよ、アキミチくん。会えるよ、必ず」
そう言い残して、武技の神様はこの場からその姿を消した。
……はぁ～、と一気に脱力して、そのままへたり込む。
とりあえず、まずやるべき事はやり終えた。
親友たちの事は、武技の神様に任せるしかない。
……きっと大丈夫。
……とりあえず、このまま寝たいけど、そういう訳にはいかない。
風邪引いちゃう。
少しだけ休憩して……ゆっくりと立ち上がる。
あとは外に出るだけなので、焦らず、転ばないようにゆっくりと歩を進めていく。
親友たちとまた会える日を求めて――。

……あっ、俺もこっちに来ているって事を、武技の神様に伝えて貰えばよかった。

別章　準備万端であっても、全てが上手くいくとは限らない

1

時は遡り、場所は別のところへ――。

そこは、下大陸東部にある国――ビットル王国。

上大陸から侵攻してくる大魔王軍を迎撃している国であり、この世界において、三大国と呼ばれる国の一つである。


ビットル王国の王都は、まさに守護の要。

上大陸と下大陸を繋ぐ、中央と東西の三つの道。

大魔王軍は、東部の道から下大陸に向けて侵攻している。

ビットル王国はその大魔王軍の侵攻を防いでいる国であり、その王都は最前線であった。

そのため、王都は巨大で分厚い壁に囲まれた、堅牢な都といった様相である。

また、ビットル王国内で最も発展していた。

王都だからという理由もあるが、侵攻を防ぐ最前線という事も関係している。

ここが落ちれば終わる――と、誰しもが思っているからこそ、優秀な人材、最新の武器、豊富な資材など、防衛に必要な全ての物が集まっていた。

賑わう王都の中央に、巨大で古風な城がそびえ立っている。

それが、ビットル王国の王城。

兵士たちが鍛錬を行う場もあり、敷地面積は広大だ。

そんな王城の廊下を、息を切らせながら走っている者が居た。

仕立ての良い服にマントを羽織った四十代の男性で、その表情には必死さしかない。

汗だくで、執事やメイド、兵士たちともすれ違うが、挨拶されても返す余裕もないようだ。

男性の目的地は、ある部屋だった。

目的の部屋の前に着くと、呼吸を整えるように大きく何度も息を吐く。

その光景を、部屋の大扉を守るように立っている二人の兵士が首を傾げながら見ていた。

「えっと、ステーナー騎士団長。大丈夫ですか？」

「お水を用意した方が良いでしょうか？」

「い、いや……大丈、夫だ。少し待て」

もう少し時間をくれと、男性――ステーナーが二人の兵士に向けて手の平を見せる。

何度か呼吸を繰り返し、最後に大きく深呼吸。

それで荒い呼吸はとまり、ステーナーは真面目な表情で二人の兵士を見る。

「陛下にお目通りをお願いする。至急、報告しなければいけない」

ステーナーが発する雰囲気に、只事ではないと察した兵士が大扉をノックすると、大扉が少し開かれ、そこから執事服を身に纏う老齢の男性が顔を覗かせる。

「どうかされましたか？」

「ステーナー騎士団長が陛下に至急お目通りを願い出ています」

「かしこまりました。少々お待ち下さい」

老齢の執事が大扉を閉め、少し時間が経つと大扉が大きく開かれる。

「ステーナー騎士団長、お待たせしました。どうぞ」

老齢の執事の案内でステーナーが入室する。

室内の装丁は品が良く、リビングのような雰囲気。

幾何学模様が描かれた絨毯の上、部屋の中央付近に大きな円卓と椅子が置かれ、周囲には暖炉や本棚があり、小さな丸テーブルの上には花瓶が置かれ、彩り豊かな花が飾られている。

ステーナーは、円卓の傍にある椅子に腰を下ろしている老齢の男性に向けて、手を胸に当てて頭を下げた。

臣下の礼である。

「……至急とは何があった？　ステーナー騎士団長」

「はっ！　国境の見張りから報告が入りました。現在、三千ほどの数の大魔王軍が侵攻中。また、その中に将軍クラスらしき魔物も確認されていると」

「ふむ。……将軍クラスが居るとなると油断は出来ん。小規模は終わり、大規模の本格的な侵攻を始めるつもりかもしれんな」

「はい。私もそう考えています。この侵攻を許しますと、大魔王軍が一気に雪崩れ込んでくる可能性が高いかと。ですが、それは逆に言えば、この侵攻をとめさえすれば」

「再び小康状態に戻る可能性が高い、か」

「はい」

ステーナーが相手にしている老齢の男性の名は「ベオルア」。

正式な名は「ベオルア・ビットル」。この国の王である。

王らしく仕立ての良い服を身に纏い、白髪に、深い皺が刻まれていてもわかる精悍な顔付き。

しかし、今は更に皺を刻んで考え込む。

侵攻している大魔王軍を迎撃するのは当然。

ベオルアが今考えているのは別の事である。

「ステーナー騎士団長」

「はい」

「迎撃準備は進めているな?」

「はい。この国の騎士、兵士たち、それと協力してくれている冒険者たちは優秀ですので、既に準備は整っております」

「では、もう一つ確認だ。君の目から見て、彼らはどうだ?」

「才能溢れる方々ですので、既に充分な力は得ていると思います。あとは、戦いではなく」

「戦の経験か」

「はい。私は今回の戦は経験を積むのに丁度良い機会かと思います」

「ふむ……」

ベオルアは目を閉じて黙考する。

目を開ければ、老齢の執事を呼ぶ。

「お呼びでしょうか？」

「彼らを……勇者たちを呼んできてくれ。参加させるかどうかは、彼らの意思に任せたい」

「かしこまりました」

ベオルアは呼んだ者たちがこの部屋に来るまでの間、ステーナーから侵攻中の大魔王軍について更に詳しい話を聞いていく。

老齢の執事が部屋を出て行く。

それからほどなくして、老齢の執事が八人の男女を連れて戻って来た。

八人の男女は、ベオルアに対して横一列に並ぶ。

ベオルアはその内の一人、ある女性に視線を向ける。

「おぉ、来たか……どうしてそちらで並んでいるのだ？　フィライア」

「それはもちろん、私も仲間だからですよ。おじい様」

その返答に、ベオルアは苦笑を浮かべる。

フィライアと呼ばれた女性は、ベオルアの孫娘である。

そして、この国で唯一の姫でもあった。

ベオルアと同等の質の女性用衣服を身に纏い、金髪に美姫と呼んでも差し支えないほどに整っている顔立ちを持つ、見た目で言えば十代後半ほどの女性。

「ここに来るまでにお話は聞きました、おじい様。お聞きしたい内容は、勇者様たちに戦う意思があるかどうかの確認、といったところでしょうか？」

「その通りだ、フィライア。さすがは私の孫だ」

ベオルアが嬉しそうに笑みを浮かべる。

どことなく孫馬鹿の雰囲気を覗かせたが、それは直ぐに引っ込む。

話が既に通っているのならと、ベオルアは残る七人の男女に視線を向ける。

「ステーナー騎士団長は、戦の経験を積ませるためにも参加させましょうと言っている。私は、君たちの意思を重視したい。その上でお聞きする。どうされますか？」

ベオルアのその問いに、この場に居る者たちの視線が七人の内の一人の男性に集中する。

その男性は、七人の中でリーダー的立場の者。

「僕たちの方は問題ありません。そのために、これまで鍛えてきたのですから」

そう言って柔和な笑みを浮かべる男性の名は、「火実　詩夕」。

召喚された明道の親友たちの一人である。

その目には、確かな戦意が宿っていた。

2

数か月前、明道の親友たちは、異世界「ファースリィル」に召喚された。

召喚された場所は、普段は兵士たちが鍛錬を行う場に臨時で設営された祭儀場。

地面には幾何学模様の魔法陣が何重にも描かれ、真っ白い垂れ幕や松明など、様々な物が置かれ、どこか異様な、神聖な雰囲気が流れる場所であった。

その祭儀場で親友たちを出迎えたのは、フィライアと多くの神官。

当然、詩夕たちは困惑した。

教師と共に教室で明道を待っていたはずなのに、いきなり光り輝いたと思ったら、見知らぬ場所に居るのだから。

パニックを起こしてもおかしくなかったが、詩夕は周囲を確認するために、即座に視線を彷徨わせる。

（不味いね。状況がさっぱりわからない。突然周囲の風景が変わるだなんて……ありえない。誘拐、ではなく、催眠、も可能性は状況的にない。それでもこの状況を説明する言葉を記憶の中から探して当て嵌めるなら……「異世界への転移」？）

詩夕も漫画やラノベは読んでいたので、その結論に至った。

しかし、それが自分の身に起こったという事を信じられないでいるのか、詩夕は警戒心を解かない。

詩夕が少しでも情報を得るために周囲を窺っていると、詩夕たちが居る場に白いローブ姿の女性がゆっくりと歩み寄ってくる。

ただその足取りは少しおぼつかない。

体は疲れ切っているが、それでも前に進まなければ……という足取り。

ローブ姿の女性は、詩夕たちにある程度近付くと、ゆっくり跪く。

「こちらの勝手な都合でこうして皆様をお呼びした事、誠に申し訳ございません」

祈るような姿勢で、ローブ姿の女性はそう言った。

詩夕たちは再度驚く。

聞こえてきた言葉が日本語だったからだ。

それでも、答えない訳にはいかないと、詩夕はローブ姿の女性に向けて声をかける。

「……状況を……何がどうなっているのかを、説明して頂けますか？」

「はい。それはもちろん。場所を変えますが宜しいでしょうか？」

ローブ姿の女性――フィライアがそう答えた。

構わないよね、と詩夕が全員に確認の視線を送った時、そこで漸く気付く。

自分たちの髪色が変化しているという事に。

少し時間が経った事で、視野が広がったと思われる。

何がどうなってそうなったのかはわからないが、自分たちが居た世界では通常ありえない色となっている事に驚き……笑い合う。

笑い合った事で気が紛れて冷静になれたのだろう。

全員が落ち着きを取り戻し、フィライアの案内についていく事を決める。

向かった場所は、直ぐそこにある王城。

目的地は謁見の間だが、その移動中、詩夕たちは騎士や兵士、執事やメイドなどの、様々な視線に晒される。

詩夕たちが見目麗しいために好奇の視線というのもあるが、向けられる視線の大部分は、期待、希望といった強い気持ちのモノだった。

「……どうやら、俺たちに何かを求めているようだな」

「みたいだね」

七人の内の一人、「杯　常水」の問いに、詩夕は同意を返す。

詩夕たちが通されたのは、謁見の間。

その謁見の間で詩夕たちを待っていたのは、跪き、頭を垂れる姿勢の者。

身に纏っている衣服から、偉い立場の者であるという事が見てわかる。

「まずは謝罪をさせて欲しい。此度(このたび)の事はこちらの都合をそなたたちに押し付けているようなモノだ。誠に申し訳ない」

頭を垂れている者――ベオルアの謝罪の言葉から、話し合いが始まる。

詩夕たちがまず求めたのは、この世界の情報。

何故、このような事になっているかだ。

ベオルア、フィライアは正直に答えていき、その内容のほぼ全ては、明道がアドルから聞いた内容と一緒である。

ただ、違う点もあった。

まず、詩夕たちの召喚は、予言の神によって、時、使用魔力量、規模、詠唱など、その全てが定められて行われたモノであったという事。

詩夕たちは、この世界を救う救世主——勇者である事。

それと、ベオルアとフィライアの説明の中に、明道の名はない、という事だ。

これは明道が巻き込まれて召喚された事を知らないためであり、詩夕たちも気付いていない。

そして一通りの説明を受けたあと、当然、詩夕たちは疑いを持つ。

けれど、詩夕たちは普段から目立っていたために、邪（よこしま）な視線や上っ面だけの言葉や態度などを感じ取っていた。

その経験から導き出したのは、信じてみよう、という答え。

ベオルアとフィライアの言葉と態度から、真摯さを感じ取ったのだ。

だからこそ、正直に答えてくれると思って、詩夕たちは自分たちにとって一番聞かなくてはいけない事を尋ねる。

——元の世界に戻る事が出来るのかどうか、を。

自分たちや家族の事もそうだが、明道の事も気掛かりだったのである。

答えは直ぐに教えられた。

戻る事は出来る、と。

けれどそれは、ただし、とある条件が付けられる。

今回のような世界を跨ぐ召喚の成功には、様々な準備を整えていたからこそ、というのもあるが、その中で何より重要で最大の割合を占めているのは、召喚の神の力があればこそ、なのだ。

フィライアは、事前に必要な分の力を受け取っていたからこそ、今回成功したと言う。

だが、既にその力は使い切ってしまっているので、詩夕たちが元の世界に帰るためには、再度力を借りなければならなかった。

つまり条件とは、封印されている召喚の神が解放される事。

そこでベオルアが補足する。

召喚の神であれば、もしかすればという可能性の話で、召喚された時間に送り帰す事が出来るかもしれない、というモノ。

詩夕たちにとって、不可能ではなく、元の世界に、時間も戻るというのなら――それだけで充分だった。

希望を胸に宿し、詩夕たちがこの世界を生き抜くために求めたのは、強さ。

自ら願い出て、己を鍛え上げていく。

幸いというべきか、ビットル王国は人材も豊富だ。

詩夕たちを鍛える者に困る事はなかった。

しかし、ここまで冷静に対処出来た詩夕たちであっても、明道と同様に、生き物の命を奪うという行為に耐えるのは難しく、精神がまいってもおかしくないところまでいく。

それでも乗り越えて一角の強さを得るまでに成長出来たのには、ビットル王国の全面的な協力があったというのもあるが、他に二つの大きな要因がある。

まず一つは、召喚された際に得たスキル。

詩夕たちが共通して得たのは、「異世界言語理解（共通語）」、「身体能力補正（大）」、「健康体」、「状態異常耐性」、「精神耐性」、「魔力伝達体質」、「気配察知・探知」。

この中の「魔力伝達体質」によって、魔法があるこの世界で戦える力を得たのだ。

「魔力伝達体質」とは、体内に豊富な魔力が巡るようになり、魔法に対する扱いが長けるようになるというモノ。

ただし、巡る魔力量によっては体に変化が現れる事もあり、詩夕たちの体の一部はこのスキルで魔力を得た事によって変化していた。

火実　詩夕。
優しい眼差しと整った顔立ちに、スラリとした体付きで、性格良好、成績優秀、運動神経抜群の三拍子が揃った、正に物語の主役のような男性。

元々は黒髪であったが、今は金色に変化。

個別に得たスキルは、「剣術」と「全属性魔法」。


杯　常水。

短髪に精悍な顔付き、鍛え上げられた体を持ち、焼けた肌が健康的で非常に良く似合い、誰からも頼りにされる男性。水連の双子の兄。

元々は黒髪であったが、今は青色に変化。

個別に得たスキルは、「槍術」と「水属性魔法」。


舞空　天乃。

ふわふわの長髪に、目尻が下がった可愛らしい顔立ちで、基本的に誰にでも分け隔てなく接する事が出来る女性。

元々は茶色っぽかった髪であったが、今は真っ黒に変化。

個別に得たスキルは、「杖術」と「闇属性魔法」。

神無地　刀璃。
女性らしい短髪と、目尻が上がって非常に凛々しい顔立ちに、スレンダーな体型というか引き締まった体を持つ、どちらかと言えば強気な女性。

元々は黒髪であったが、今は銀色に変化。

個別に得たスキルは、「刀術」と「時属性魔法」。


風祭　咲穂。

くせっ毛の短髪に、童顔で背も低く、コミュニケーション能力が非常に高いが、見た目はどうしても十二歳くらいにしか見えない事が悩みの女性。

元々は黒髪であったが、今は緑色に変化。

個別に得たスキルは、「弓術」と「風属性魔法」に「火属性魔法」。


杯　水連。

ストレートの長髪に、人形のように整った顔立ちで、どちらかと言えばインドア派であるため、少々痩せ気味の女性。常水の双子の妹。

元々は黒髪であったが、今は水色に変化。

個別に得たスキルは、「杖術」と「水属性魔法」に「時属性魔法」。


という風に、詩夕たちの髪色が変化していた。

体がこの世界に馴染んだ、とも言い換えられる。

そして、もう一つの要因。

それは詩夕たちが召喚された際に、同じ教室に居た教師である。

土門　樹。

短髪の男臭い顔立ちに、筋肉もりもりの面倒見の良い体育教師だが、重度のオタクなのを秘密にしている男性。

元々は黒髪であったが、今は輝く茶色に変化。

個別に得たスキルは、「拳術」と「土属性魔法」。


この教師――樹が、まいりそうになっていた詩夕たちに、こう言葉をかけた。

「今のお前たちでは無理だ。もう戦わずに休め。あとの事は俺に任せろ」

「……土門先生は、平気なんですか？」

「別に平気という訳ではない。いや、一生慣れないかもしれない。だが、俺は大人だからな。割り切る事が出来る」

「……割り切って、いるんですか？　……出来るんですか、そんな事が」

「出来るさ。俺にとって迎えてはいけない最悪な出来事なのは、お前たちの誰かが死ぬ事だ。それを迎えないために必要な事は、何でもやるつもりだし、手を血で染める覚悟もある」

「……覚悟」

「それでも、自分の足で立って歩きたいと言うのなら、俺はこう尋ねよう。……お前たちにとって、最悪な出来事とは何だ？」

この問いかけが立ち直るきっかけとなり、詩夕たちはファースリィルで生き抜く覚悟を固め、心の強さを得る。

目的は、元の世界に帰るため。明道に再び会うために。

この出来事によって、樹は頼れる大人として詩夕たちの精神的支柱になっていく。

そして、この出来事で最も影響を受けたのは詩夕たちではなく、フィライア。

樹のこの立ち振る舞いに惚れたのだ。

「お慕い申しております……樹様」

「え？　いや、ちょっと待って」

ちなみに、ファースリィルでの成人は十五歳であり、フィライアは丁度十五歳を迎えたばかりなので、ファースリィル的にはどこにも問題はなかった。

「「「「「……ロリコン先生。近付かないで下さい」」」」」

「いや、お前たちもちょっと待って！　そんな冷たい目で見ないで！　今回の事で絆が深まったんじゃないの！」

フィライアからの猛アタックが始まり、樹は困惑する事しか出来なかった。

そして、大魔王軍との戦が始まる。

大魔王軍の数は、約三千。

対して、迎え撃つビットル王国軍の数は、詩夕たちも含めて約一万。

三倍以上の数となっているのは、まともにやり合おうとすればそれだけの数が必要だからだ。

何しろ、人と魔物では基礎的な強さが大きく違っている。

冒険者と呼ばれる者たちが、パーティを組んでいるのが良い例だろう。

人は衆に優れ、魔物は個に優れる。

もちろん、人の中にも単体で魔物を蹂躙（じゅうりん）出来るだけの特出した個は存在しているが、それは僅かな数であり、基本的、平均的に見れば、単体では魔物の方が圧倒的に強かった。

故に、勝つためには数が必要なのだ。

そしてこの戦いが、詩夕たちが最初に体験する大きな戦いであり、最初の運命の分かれ道。

奇しくも詩夕たちが大魔王軍と対峙したのは、明道がミノタウロスを倒した日の明朝であった。

3

下大陸東部の守護の要、ビットル王国の王都の外にある平原。

そこに戦闘準備を終えた騎士と兵士たちが隊列を組んでいく。

同様に、詩夕たちも戦闘準備は終えている。

詩夕、常水、樹、刀璃は、動きを阻害しない程度の軽装で、天乃、咲穂、水連はローブを纏い、それぞれ得たスキルと同じ武具を持っていた。

その詩夕たちは騎士団長であるステーナーと行動を共にしていたが、騎士、兵士たちの隊列が組み終わるのと同時に尋ねる。

「えっと、僕たちはどこにも組まれていないんですが？」

「シユウたちは元々どこにも組み込んでいない。確かに、所持スキルに見合った力は得ていると思うが、自己強化に集中していたために一軍を率いる術は身に付けていない」

確かに、と詩夕たちは揃って頷く。

「なので、今後はわからないが、今回は遊撃として動いて欲しい。下手に組み込むよりは、個々の判断で動いて貰った方が良さそうだしな」

「わかりました。一応、自分たちで出来る範囲で状況を見て動いてみますので、もし向かって欲しい場所があれば、遠慮なく指示して下さい。僕たちが素人なのは変わりませんし」

「ええ、もしもの時は頼りにさせて頂きます」

詩夕たちからしてみれば、いきなり一軍を任せられても困るので、内心ではホッと安堵していた。

そしてそれからそう時間がかからない内に、距離を開けて大魔王軍が対峙するように現れる。

よーいドン！　の合図などは一切なく、互いの姿が見えた時が始まり。

警戒と士気を高めるように、ビットル王国軍側から銅鑼が鳴り響き、平原に地響きが起こる。

ビットル王国軍、大魔王軍、共に動き出してぶつかり合った。

大魔王軍は多種多様な魔物で構成されており、ビットル王国軍もまた、エルフやドワーフ、獣人や冒険者たちが交じっている。

己の特性を生かしてなのか、エルフは弓や魔法による遠距離、ドワーフは頑強な鎧と槌で超近距離、獣人はそれぞれ獣の特性を生かした近・中距離攻撃が多かった。

また、ビットル王国軍自体は、これまで何度も大魔王軍を撃退しているという事もあり、数の力の使い方が非常に上手い。

戦いが始まったばかりで体力に余裕があるため、危な気なく戦っていく。

もちろん、それは詩夕たちも。

「……ふっ」

短い呼吸のあとに、詩夕が手に持つ剣を振るう。

確かな太刀筋で、相対していた魔物の首を斬り飛ばす。

補正はないが、詩夕は「剣術」を見事に使いこなしていた。

それは、詩夕だけではない。

「はああああっ！」

気合の込められたかけ声を出し、常水が槍の突きをいくつも放つ。

その狙いは正確であり、周囲に居た魔物たちの急所を全て貫いていた。

「『魔力を糧に　我願うは　破壊を形にした塊　黒玉（ブラックボール）』」

詠唱と共に、天乃の周囲に黒い玉がいくつも生み出され、周囲の魔物に向けて放たれる。

全ての黒い玉を操り、追い払う動きすら回避して次々と魔物に命中していき、無視出来ないダメージを負わせていく。

「……」

刀璃が素早く戦場を駆ける。

その手には刀が握られ、魔物とすれ違うと同時に、全てを一刀で切り裂いていた。

「やっ！　はっ！　とっ！」

咲穂は一ヶ所に留まらず、場所を次々と変えながら弓を構えて矢を放っていく。

弓を構えるのは一瞬でしかないが、狙いは精密であり、魔物の頭部へ百発百中を誇っていた。

「『魔力を糧に　我願うは　流動の貫く矛　水槍（アクアニードル）』」

水連が唱えると同時に、いくつもの水で形作られた槍が飛ぶ。

その槍は魔物を貫いただけでは止まらず、次の標的を見つけては襲いかかっていった。

「はぁ！」

樹が力を込めた拳を放つ。

殴られた魔物は、そのまま多くの魔物を巻き込んで吹き飛んでいく。

樹を含む詩夕たちの全員が、既に平均を大きく越えた強さを得ていた。

また、ビットル王国軍の多くは詩夕たちと共に鍛錬をしていたので、その姿を見て大いに沸き、士気が高まるという副次的な効果も起こっている。

詩夕たちが召喚されてからの僅かな期間でこれだけの強さを得る事が出来たのは、召喚者である事や戦闘向きスキルの豊富さというのもあるが、ビットル王国軍の指導が良かったという部分も大きい。

これまで大魔王軍の侵攻を防いできたビットル王国軍が弱い訳もなく、騎士団長のステーナーを筆頭にして、現在の詩夕たちよりも強い者は存在しており、指導のレベルも高いのだ。

だが、未だ大魔王軍が存在している以上、それは裏を返せば、それでも足りない、という事の証明でもある。

大魔王軍は、脅威そのものなのだ。

数十分か、数時間か、どれほど戦ったのか時間の感覚がわからなくなった頃、均衡は崩れ始めていた。

「……どうやら、考えていた以上のようだね」

「そうだな。統率されている……それが、これほどまでに厄介だとは」

詩夕と常水が、背中合わせで身構えながら言う。

その言葉の通り、大魔王軍は統率された軍隊として動いていた。

個として人より強く、それが指揮の下で集団戦闘を行っているのだから、危険極まりないのは間違いない。

この世界で生きている者にとっては周知の事実であり、詩夕たちもこの戦いの中でそれを肌で感じ取っていた。

けれど、だからこそ、何を狙えば良いのかもわかる。

「……アレだね」

「あぁ、間違いない」

詩夕と常水の視線の先に居たのは、黒い甲冑に身を包んで長く大きな槍を持ち、他のよりも一回りも大きい豚型の魔物、オークだった。

その甲冑オークが、声を発して周囲の魔物たちへ指示を飛ばしている。

「「あれが指揮官だ」」

自分たちが今狙うべき敵を定めた。

何より、自分たちが指揮官である甲冑オークに一番近かったというのもある。

「皆っ！」

詩夕が呼ぶと同時に、視線で甲冑オークを示す。

女性陣と樹は、それだけで意図を理解し、それぞれが行動へと移る。

「私たちが道を空ける！」

天乃、咲穂、水連による、魔法と矢の連撃によって、甲冑オークに辿り着くまでに居る魔物が一掃され、一本の道が出来上がる。

「詩夕、常水！　行くぞ！」

「離れず付いて来い！」

行かせはしないと当然のように魔物が次々と雪崩れ込んで来るが、刀璃と樹がその露払いを行い、詩夕と常水を甲冑オークの下へと連れて行く。

仲間たちの協力によって詩夕と常水が甲冑オークと対峙するが、当の甲冑オークは詩夕と常水の姿を見て、不敵な笑みを浮かべた。

「ほぅ。私が想定していたよりも早い遭遇とは。優秀な個体のようで楽しみだ」

詩夕と常水は、まさか言葉を発するとは、と驚きを露わにする。

けれど、今ここは戦場であり、命のやり取りが行われている場所だと、驚きは直ぐに捨てた。

詩夕と常水は油断なく武器を構え、一瞬だけ視線を合わせてアイコンタクト。

詩夕は左から、常水は右から襲いかかるが、甲冑オークは愉快そうに笑みを浮かべたまま。

武器のリーチにより、常水の槍により連続突きが先に甲冑オークへと迫る。

しかし、甲冑オークは連続突きを見切り、迫る槍を余裕で摑みとめた。

「くっ！」

常水が槍を引き抜こうとするが、びくともしない。

その間に詩夕が一気に突っ込んで甲冑オークの腹部に向けて長剣を振るうが、甲冑オークはその動きを読み、空いている手を差し向けて止めようとする。

だが、詩夕の剣速は鋭く、止めようとした手からいくつか指を斬り裂き飛ばす。

「ほおっ！」

甲冑オークが宙を舞う自身の指を見て感嘆するような声を上げている間に、詩夕は地を蹴って飛び上がり、頭部に狙いを定めて長剣を振り下ろすが、その前に甲冑オークが傷付いた手で詩夕の腹部を殴り飛ばす。

その動作で槍に込められていた力が抜け、常水が渾身の力で槍を引き抜くのと同時に後方へと駆け、飛ばされた詩夕を抱き止める。

「ごめん。助かった」

「いや、それはこちらもだ」

詩夕は殴られた腹部を確認しながら、常水に放して貰って地に足を着ける。

痛みは走るが、咄嗟に長剣の柄を間に挟んでいたので致命傷にはなっていない。

「それにしても……まいったね、これは」

「あぁ、全くだ」

笑みを浮かべる詩夕と常水だが、状況は良くない。

何しろ、詩夕と常水は既に現段階の全力に近いのに対して、甲冑オークの方は明らかに余力を残しているのだ。

だが、天乃たちやビットル王国軍は周囲の魔物の相手で手一杯のため、援軍に割ける戦力はない。

詩夕たちとビットル王国軍は、劣勢に立たされていると言っても良いだろう。

「グググ」

甲冑オークが斬り飛ばされた指を拾い上げながら、気持ち悪い笑い声を上げる。

「中々興味深い個体たちだ。それなりのスキルを持っていそうなのだが、どうにも動きが素人臭く、どう見繕っても洗練さが足りない。操作系スキル保持者が身の丈に合わぬモノを手に入れて、漸く扱い慣れてきたような印象を受ける」

それは、言われなくても詩夕たち自身が現在感じている事だった。

スキルを得てそれなりに扱えるようにはなったが、まだまだ使いこなせているとは言えないのが現状である。

故に、甲冑オークは興味をそそられた。

「グググ。気になるな。他にも似たようなのが居るが、一体どのようにして力を得たのか」

そう言いながら、甲冑オークは手にした指を口の中に放り込んで咀嚼する。

グニュ、ゴキ……と、肉の裂ける音と骨が砕ける音、ゴクッと飲み込む音が響くと、甲冑オークの斬れた指が再び生えてきた。

「……実際にそういうのを目の当たりにすると、グロいね」

「そうだな。出来れば二度と見たくない」

そう言いながらも、詩夕と常水はゆっくりと構えを取る。

「とりあえず、当分の間は援護も見込めないし、僕たちだけでアレの相手か」

「最低でも足止めが出来れば充分だが……何だ？　詩夕にしては随分と自信がないな」

「まぁ、ね……正直に言えば、恐怖を感じているのかもしれない」

「……確かにアレは強い。だが、現に俺たちはこうして生きている。まだ生き残っているんだ。なら、諦めるな」

「安心してよ。諦める気はこれっぽっちもないから」

そう言って、詩夕は笑みを浮かべる。

常水も同様に笑みを浮かべていた。

「さぁ、行こうか、常水！　僕が全て斬り伏せる！」

「あぁ、行こう、詩夕！　俺が全て貫き穿つ！」

戦意を滾らせ、詩夕と常水が甲冑オークへと向かう。

4

それは正に、死闘と呼ばれるような戦いだった。

しかしそれは、詩夕と常水側から見れば、の話。

対する甲冑オークからしてみれば終始余裕を持ったままの、なんて事はない戦い。

「グググ。思っていた以上には楽しめたぞ。だが、もう少し己の力量というモノを知っておくべきだったな」

甲冑オークが歪な笑みを浮かべ、その視線を摑み持ち上げているモノに向ける。

それは、首を摑まれ、体ごと持ち上げられている詩夕だった。

「くっ……はぁ……はぁ……」

既に息も絶え絶えではあるが、なんとか意識を保ち、詩夕は甲冑オークを睨みつける。

だが、使用していた長剣は剣身が真っ二つに折れ、墓標のように地に突き刺さっていた。

少し離れた位置に居る常水の方も既に満身創痍であり、槍の穂先を甲冑オークに向けてはいるが、構えるだけで精一杯のように見える。

「グググ。興味深い個体たちではあるが、未だ戦意を失っていない姿を見ていると、生かしておけば後々の憂いとなるかもしれんという予感を抱く。解析は死体を解剖してでも出来るだろうから、念のために殺しておくか。せめて、神が封印される前であれば、結果は違ったモノになったかもしれんな」

そう言って、甲冑オークが詩夕を摑む手にゆっくりと力を込めていく。

絞まっていく首に痛みが走り、詩夕の表情が歪む。

（こんなところで終わりたくない……終わる訳にはいかない……皆と一緒に元の世界に帰って、心配しているだろう明道と会うんだ……それに）

詩夕の目が何かを捜すように動いた時、頭上から声が響く。

「お待たせ〜！　ちゃんと間に合ったよね？　あれ？　もしかしてギリギリだった？　う〜ん、予言のが伝えた時間ってアバウトだから、僕のせいじゃないし、そこは許して欲しいかな？　苦情は予言のに言ってね！」

声に反応して詩夕が頭上へと視線を向ければ、そこには、上から下まで真っ白と表現出来る少年が浮いていた。

ごめんね？　と謝っているように見えなくもない。

（……誰、だ？　…………………ここは危険って……教えないと……）

薄れていく意識の中で、詩夕が真っ白な少年の安否を心配していると、直ぐ近くから驚愕の声が上がる。

「ば、馬鹿な！　その漂う雰囲気は間違えようもない！　どうしてここに居る！　姿を現せる！

全て封印された『神』が何故居る！」

「何故と言われても現にここにいるし。それに、素直に教えるとでも思っているの？　まぁ、そもそもの話。これから死ぬ君に教えても仕方ないというところかな？」

甲冑オークに向けて、にんまりと笑みを浮かべる真っ白な少年——武技の神は、詩夕に強い視線を向け、大きく手を振り上げる。

「さぁ！　予言のに選ばれた、この世界を救うために召喚された勇者諸君！　目覚めの時だよ！」

武技の神の声は、詩夕だけではなく、常水、天乃、刀璃、咲穂、水連、樹にも届いていた。

だからこそ、詩夕たちの視線は戦場ではなく、武技の神へと向けられている。

「武技の解放とスキルの更新はしておいたよ。補正は相変わらずないけどね。でもこれで、召喚された先の神の許可がないと得られない『勇者』スキルを与える事は出来た！　さぁ、もう感じているでしょ？　『勇者』スキルは、あるだけでも全然違う！　内から全身に駆け巡り出した力を」

その言葉の通りに、詩夕たちは体内から何か熱いモノが駆け巡り出したような感覚を得る。

突然の事に戸惑う詩夕たちだが、それじゃ駄目だよと、武技の神が更に声をかけた。

「駆け巡るモノに合わせて、自分を解放しなきゃ！　でないと、ここで死んじゃうよ？」

その言葉がきっかけとなり、生への渇望を抱いた詩夕たちは、一気に熱いモノを体内全てに駆け巡らせる。

——そして、詩夕たちと樹は、ファースリィルを救う「勇者」として覚醒した。

武技の神の登場で動揺していた甲冑オークが、異変に気付く。

痛めつけられていた詩夕の体がみるみる内に癒えていく光景に危機感を覚え、詩夕の首を絞めている手に力を更に込める。

「危険だ！　貴様からは危険な気配がする！　このまま殺す！」

しかし、甲冑オークの目には、目を閉じた詩夕が笑みを浮かべているのが映った。

「……生き残るために、僕は力を振るう」

そう言って、開かれた詩夕の目は、髪色と同じく完全な金色の瞳へと変わっていた。

体内を駆け巡っていた熱いモノ——膨大な魔力が溢れ出す。

「やり方は自然と理解出来た。『流動なモノに形を与え　形に名を付け縛り　縛りを以って存在を確定する』」

「やめろ！」

甲冑オークが詩夕を掴んだまま殴りかかろうとするが、その前に完成する。

「『特殊武技・全属性剣魔法・炎（オール・アトリビュート・ソードマジック・ファイア）』」

唱え終わるのと同時に、詩夕を掴み上げていた甲冑オークの腕が両断され、傷口から炎が揺らめく。

腕を両断したのは、詩夕が手に持つ「全てが炎で出来た剣」だった。

その炎の剣は、「剣術」に、「勇者」と「全属性魔法」が組み合わさる事で初めて発動出来る、武技の中でも「特殊」と呼ばれる武技によって作り出された剣で、切れ味や剣身の長さは込められた魔力量に比例している。

地に足を着けた詩夕は一気に駆け、そのまま炎の剣を甲冑オークの腹部へと突き刺す。

「ぐわああああっ！」

甲冑オークの叫びと共に、刺された腹部から大きな炎が吹き上がる。

内部も焼けているのか、甲冑オークが激痛の叫びを更に上げている間に、詩夕は炎の剣を両手で持ち、更に魔力を込めて片方は振り上げ、片方は振り下ろす。

すると、両手に炎の剣が握られており、甲冑オークは縦に両断され、それ以上何かを言う事なく絶命した。

それでも詩夕は止まらない。

「『風(ウインド)』」

詩夕の両手にある炎の剣が、形状と性質を「風」に変化。

剣身は剣の形を取りつつも、風の渦を巻いているかのようになり、詩夕は更に魔力を込め、剣身を更に伸ばす。

「はああああっ！」

かけ声と共に詩夕がバツ印を描くように両手の風の剣を振るう。

すると、二つの巨大な竜巻が発生し、魔物たちを斬り裂きながら蹂躙していく。

「勇者」としての覚醒は詩夕だけではなく、他の六人にも起こっていた。

「『それは猛威であり脅威　超越種にして絶対種の姿を模し　残るのは灰塵のみ』」

完全に青い瞳となった常水が持つ、槍の先が水に包まれる。

「『特殊武技・水龍乱舞撃』」

それは、「槍術」に、「勇者」と「水属性魔法」が組み合わさる事によって発動する特殊武技。

常水が槍を振るうたびに、その穂先から水龍が飛び出し続け、周囲の魔物たちを食らいながら蹂躙していく。

その姿は、まるで舞っているかのようであった。

「『眼前に遮るモノ無く　周囲に隔てるモノ無く　粛々と全てを飲み消し去る』」

完全に真っ黒な瞳となった天乃が杖を使って、地面をトントンと叩き出す。

「『特殊武技・万物を飲むモノ（ブラックホール）』」

それは、「杖術」に、「勇者」と「闇属性魔法」が組み合わさる事によって発動する特殊武技。

天乃が杖を突くたびに黒い波紋が地表に生まれ、それは次第に周囲一帯を黒く染め上げると、その範囲の魔物を全て沈め飲み込んでいく。

「『定めすらも分け　一刀の下に全てを断ち切る　この身は迷い無く振るう刃』」

完全に銀色の瞳となった刀璃が刀を鞘に納め、構えを取る。

「『特殊武技・断絶一刀』」

それは、「刀術」に、「勇者」と「時属性魔法」が組み合わさる事によって発動する特殊武技。

鞘から刀を抜き、描かれる一筋の線。

その線より向こうに居た魔物たちは、その全てが上半身と下半身を分かつ事になった。


「『触れる事叶わず　避ける事能わず　幾重の矢で貫かれて逝ね』」

完全に緑色の瞳となった咲穂が、駆けていた足を止め、矢のない弓を空に向けて引き絞る。

「『特殊武技・風嵐矢』」

それは、「弓術」に、「勇者」と「風属性魔法」が組み合わさる事によって発動する特殊武技。

咲穂が引き絞った弦を放すと同時に、空に向かって風が舞い上がる。

その風は空中で幾重もの風の刃となり、弾かれるように広範囲に散らばって、魔物たちを次々と殺傷していく。


「『一方には痛みを　一方には癒しを　相反する矛盾した行い』」

完全に水色の瞳になった水連が、杖を空に向けて掲げる。

「『特殊武技・断罪と慈悲の雨』」

それは、「杖術」に、「勇者」と「水属性魔法」が組み合わさる事によって発動する特殊武技。

発動と共に、杖の先から光が空へと走り、戦場一帯に一時の雨が降る。

その雨は普通の雨ではなく、大魔王軍側が触れれば火傷を負わせ、ビットル王国軍側には傷が癒される効果があった。


「『大地に刻まれる歩み　歩みとは己の記憶　記憶を映す鏡は大地』」

完全に茶色の瞳となった樹が、両手を大地に張り付ける。

「『特殊武技・自分を形作るは大地（アース・フォーム・マイセルフ）』」

それは、「拳術」に、「勇者」と「土属性魔法」が組み合わさる事によって発動する特殊武技。

発動すると同時に、樹の周囲一帯にある大地の一部が次々と盛り上がり、それが樹と全く同じ外見へと形作られていく。

樹を模した土人形の数は数十体にも及び、樹本人が行動を起こすと同時に、それぞれが近くの魔物に向けて襲いかかっていく。


そして、この「勇者」として覚醒した詩夕たちと樹の特殊武技によって、戦局は一気にビットル王国軍側へと傾く。

詩夕によって、指揮官である甲冑オークが屠られたのも大きいだろう。

混乱し出した大魔王軍は個の力を生かせない有象無象の集団となり、武技が使用可能になっていくビットル王国軍の敵ではなかった。

倒されていく魔物たちの中で、詩夕たちは次々と気を失っていく。

特殊武技を発動した事により、一気に消耗して限界が来たのだ。

最後まで意識を保っていた樹がそれに気付き、土人形を使って詩夕たちの回収を行う。

安全地帯まで下がると、樹も同じように気絶した。

5

「…………」

ゆっくりと自分が目覚めていくのを自覚する詩夕。

状態を確認すれば、自分が清潔なベッドの上で寝ているという事に気付く。

そこで大魔王軍と戦っていた事を思い出し、詩夕は身を起こして周囲を確認した。

白を基調とした、清楚な印象を抱く室内で、そこそこ広い。

そこそこ広いと表現したのは、室内には、詩夕が寝ていたベッドの他に、あと七つ同じのが等間隔で置かれていたためだ。

その内の六つは既に埋まっている。

六つのベッドには、常水、天乃、刀璃、咲穂、水連、樹が、それぞれ寝かされていた。

胸が上下しているので眠っているだけというのが見てわかり、それぞれのベッド横には包帯やタオル、水桶などが置かれ、看病されていた事がわかる。

「…………」

詩夕が、戦いの勝敗など、現状を確認しようと思った時、この部屋の扉が開かれた。

「それじゃ、そろそろ勇者くんたちが起きそうだし、僕は事情説明があるから中で待っているよ。魔物たちは散り散りに逃げたようだけど、そっちは任せても良いかな？」

「はい。既に十人単位で編成した捜索討伐隊を行かせておりますので、お任せ下さい」

「うん。ありがとう。宜しくね。僕の話が終われば、勇者くんたちを労ってあげて」

「はい。もちろんそのつもりでございます」

扉の向こう側に向けて軽く手を振りながら、武技の神が室内へと入って来た。

話していた相手は詩夕から見えなかったが、声の感じでベオルアだと判断する。

ベオルアの丁寧な言葉遣いから、神って王より偉いんだな、と詩夕は思った。

そして、室内に入って来た武技の神は、詩夕の起きている姿を見ると、にんまりと笑みを浮かべ、フレンドリーさを感じさせるように両腕を開きながら近付いていく。

「やあやあやあ、お疲れ様。ちゃんと起きたようで安心したよ。どこか後遺症はないかな？」

「………………」

武技の神が詩夕の様子を窺うが、返事がない。

「………………あれ？　どうかした？　何かあった？」

武技の神が、詩夕のベッドの近くにあった丸椅子に座る。

「……えぇと、すみません。確認なんですが……この世界の『神様』で良いんですよね？」

「そだよ～。ついさっきまで封印されていたし、こんな子供っぽい容姿だけど、歴としたこの世界の武技を司る神です！」

えっへん！　と胸を張る武技の神。

詩夕としては頭では理解していても、心がまだ追い付いていないという感じだ。

「まぁまぁ、いくら規格外の存在でも、そう急いで理解しなくても良いよ。傷も癒さないといけないしね。寧ろ、そっち優先？」

んん～、と武技の神様が考え込む。

けれど、詩夕はある言葉に反応した。

「規格外？　……規格外の存在なんですか？　僕たち」

「うん。そうだよ。普通に考えてみればわかる事だと思うけど？　いくら強力なスキルをいくつか持っているっていっても、数か月鍛錬したくらいで魔物を一掃出来るくらいの強さが手に入ると思う？」

「…………そう言われると」

「でしょ？　でも、それが出来てしまうくらいに規格外って事。まぁ、言い方を変えれば、それだけの規格外だからこそ、この世界の希望となり得るし、召喚された訳だけどね」

それは、喜んで良いのかどうか……。

判断に困る詩夕は苦笑を浮かべた。

「とりあえず、まずは勇者君たちに現状を教えておかないと。あっ、まだ完全に癒えた訳じゃないから安静にしてね」

わかりましたと詩夕が頷いたのを確認すると、武技の神は語る。

まず、今回の戦いについては、大魔王軍を迎え撃ったビットル王国軍の勝利で終わった。

ただし、大魔王軍を全滅させて、という訳ではない。

甲冑オークだけでなく、他にも居た指揮が出来る魔物たちもやられ、敗色が濃厚になると残りの魔物たちが逃走を始めたのだ。

統率を失ったためだろう。

けれど、逃げた魔物を放置すれば、余計な被害が出るかもしれない。

なので、現在、ビットル王国軍は部隊を編成して対応に動いていた。

「で、今回の戦いの一番の功労者は、間違いなく君たちだよ。何しろ、君たちが放った『特殊武技』によって、あのオークだけでなく、他の指揮官クラスも巻き添えをくらったみたいだから。あれで流れが変わったみたいだよ」

「そうなんですね……でも、僕たちは自分に出来る事を精一杯やっただけですし、武技の神様が来られなければ、負けて……いえ、死んでいたのは僕たちの方だったと思います」

「そういうのは考えない方が良いと思うよ？　勝って生きているのは君たちなんだから」

それでも詩夕の顔はどこか晴れない。

何を気にしているのかを察した武技の神は、真面目な表情を浮かべる。

「……犠牲者は出ているよ。だって、これは戦争なんだし」

「…………ですよね」

「でもね、これでも僕たちは長い間戦っているから、僕たち神も含め、この世界で生きている者たちの覚悟は出来ているんだ。だから、生き残った者たちが出来るのは、死んでいった者たちの思いを受け取って、この世界を平和へと導く事だと思っている」

「……はい」

「でも、君たちはこの世界の状況に巻き込まれたようなモノだから……囚われ過ぎないでね？　大切なのは、生きている君たちの意思なんだから」

気を付けます、と詩夕が苦笑いを浮かべる。

すると、今度は武技の神が申し訳なさそうな表情を浮かべた。

「本当はこの世界の者たちでどうにかしたかったんだけど……ごめんね。頼ってしまって」

詩夕が小さく首を振る。

「そう気にしないで下さい。いえ、文句は出るかもしれませんが、こうなった以上は、僕たちも生き残るために全力ですから」

「ありがとう。でも、大変なのはこれからだと思うから気を付けてね」

「……え？　どういう事ですか？」

「さぁ？　予言のにそう言えって言われていたから。それと、未来は流動的だからって」

詩夕は首を傾げる。

武技の神もまた、もっと色々教えておいて欲しいよね？　と肩をすくめた。

「とりあえず、僕から伝えられるのはこれぐらいだけど、何か聞きたい事はある？」

武技の神からの問いかけに、詩夕は思い出したように尋ねる。

「あ、あの！　神様に出会う機会なんて滅多にないでしょうし、お聞きしたい事があるんですけど！」

「え？　滅多にないの？」

「え？」

「え？」

詩夕と武技の神は顔を見合わせ、揃って首を傾げる。

「んん～、そっちの世界の事はわからないけど、このファースリィルだと普通に会えるよ？　いや、普通だと語弊があるか。でも、滅多にとかじゃないよ？　たくさん居るし」

「そ、そうなんですか？」

「そうそう。で、何を聞きたいの？」

「あっ、えっと……僕たちを元の世界に戻すには、召喚の神様の力が必要だというのは聞きました」

「うん。そうだね。間違いないよ」

「その時に、可能性の話として元の時間にも戻れると聞いたのですが、そんな事が本当に……」

「う～ん……召喚のだけだと苦しいかな？　でも、時間のとかの力が合わされば、出来なくはないと思うよ」

出来なくはない。

つまり、実現可能な条件さえクリアすれば出来る、という事がわかり、詩夕はやる気を滾らせる。

「それがわかれば、もう充分です」

「そう。じゃあ、あんまり長々と話すのもなんだし、僕もこれから忙しくなるから一旦お暇させて貰うよ。ほんと、更新なんて面倒な作業だけど、やらない訳にはいかないしね」

「えっと……頑張って下さい」

嫌々だというのが露骨に表れているのか、詩夕は苦笑いである。

「一応忠告として、下手に焦って魔王と大魔王に挑まないようにね。今の君たちじゃ手も足も出ないくらい強いからさ。何しろ、僕たち神を全て封印したくらいだし」

「わかりました。色々とありがとうございます」

頭を下げた詩夕に対して、武技の神は手をひらひらとさせながら出て行こうとするが、扉に手をかけ、思い出したように付け加える。

「そうそう。『武技』をすっ飛ばしていきなり『特殊武技』を使っていたけど、あれは使用時に気を付けてね。通常の『武技』は生命力だけを消費するけど、『特殊武技』は生命力と魔力を同時に、しかも通常のよりも大幅に消費するから、使いどころを間違えると今回みたいに気絶、もしくは寿命を縮める事になりかねないよ？」

「そ、そうなんですね。気を付けます」

気絶はともかく、寿命となると……。

これはあとで皆に伝えておかないと、と詩夕は思う。

「それと、今の『勇者』スキルを過信し過ぎないようにね。効果はあるけど補正がないのは他のスキルと同じだからさ」

「大丈夫です。あってもなくても、僕たちがやる事に変わりはありませんから」

「うん。それじゃ今度こそ、またね～」

武技の神が出て行くのを見届けたあと、詩夕は一息吐く。

そうして未だ眠っている常水たちを順に見ていき、今度はホッと安堵の息を吐いた。

誰も死ななくて良かった、と。

そのまま眠る気にはなれず、詩夕は武技の神から聞いた話を頭の中で纏め、どう説明していくかを組み立てていく。

その中で、ふと思う事があった。

（……そういえば、神様は全て封印されているって話だったから、その封印が解けた……いや、誰かが解いたって事なのかな？　もしそうなら、一体誰が……どんな人だろう）

丁度その時、別の場所では――。

（あっ、勇者君たちに、アキミチがこっちに居る事を伝えるのを忘れてた。…………まぁ、良いか。いつか会うだろうし）

武技の神は、そのままビットル王国から出て行った。

魔章　それが切っ掛けだと気付くのは、大抵の場合は事後

明道が武技の神を解放し、詩夕たちが勇者として覚醒した頃。

——とある場所。

「…………………」

「……今、何かに反応しなかった？」

青髪のグラマラスな体付きの女性が、そう問う。

その問いに答えたのは、二人。

「そんな訳がないだろ。もう戦闘すらまともに行えないのだから」

「そうそう。僕たち以外に反応する事なんてありえない」

赤髪の筋骨隆々の男性と、緑髪の痩せ細った優男風の男性。

「……そうよね。そんな訳、ないわよね」

青髪の女性はどこか寂しそうな、悲しそうな表情を浮かべる。

赤髪の男性は憤るように。

緑髪の男性は苦笑を。

「……それで、いつ頃侵攻を再開するつもりなのかしら？」

表情を引き締めた青髪の女性が、赤髪の男性に問う。

「さてな。前と違って今の連中は弱い。弱過ぎる。神共を封印し過ぎた結果がコレだ。弱いのを相手にしてもつまらんし、当分はやる気にならないな」

「その弱いのが定期的に来るから、抑えつけている僕ばっかり負担なんだけど？」

緑髪の男性が、やれやれとポーズを取る。

「お前にはそれぐらいが丁度良いだろ。下手に手応えがあると見境がなくなるんだからな」

「はいはい。その通りですよ」

赤髪の男性と緑髪の男性のやり取りに、青髪の女性は溜息を吐く。

「どうでも良いけど、侵攻だけは許さないようにね。それじゃ、いつものように外の空気を吸わせてくるわ」

「あぁ。他の者には見つかるなよ」

「特に、『竜』にはね」

「わかっているわ。そちらも、一応言っておくわ。気を付けて」

そして、この場所に居た四人の男女は、この場からその姿を消した。

第三章　与えられたモノが望んだモノじゃなくても文句言わない

なんとか武技の神様を復活させる事は出来たけど……間に合ったのかな？

なんか失敗しても「ごめんごめん」と言って、可愛く舌とか出して許されようとしてきそうな感じだったけど……大丈夫だろうか？

今更ながらに不安になってきたが、さっきはミノタウロスに勝った事でテンションが上がっていたから、きちんと判断出来なかったんだよね。

……今は信じるしかないか。

どうにか無事に生き残ってくれ……親友たち。

…………。

…………出るか。

このままここに居ても仕方ないし、少し休めたおかげで体力もちょっと回復したので、アドルさんたちのところに戻る事にした。

ここで一気に駆けて戻るような事はしない。

そんな事をすれば、たちまち体力を使い切ってダウンだ。

ゆっくりと歩いて戻る。

……ふぅ。まだ回復しきっていないから、ちょっと休憩。

休憩、徒歩の繰り返しでゆっくりと戻っていく。

途中で躓(つまず)いたけど、なんとか転ばずに済んだ。

代わりにその動作で体力を使い切ったので、休憩時間を少し延ばしてから、再び歩を進める。

地下から一階に戻った。

辛い階段は終わったので、少し楽になる。

そのまま出口に向かっていくが、ふと思い出す。

そういえば、武技の神様からスキルを貰ったけど、一体どんなスキルなんだろうか？

もちろん、出来る事なら有用なスキルが良い。

やっぱり今足りないのは攻撃力だから、攻撃系のスキルかな？

特定の条件下での一撃必殺とか、心が動くよね。

でもそれだと使い勝手が悪いだろうから、補助系とかだろうか？

一定時間で段々と強化されていくとか……格好良いかもしれない。

いやいや、ここは変化球として、何か商売系とかで儲かりまくるとか？

……期待は膨らむ。

何しろ、神様がわざわざ……わざわざ用意したスキルなんだし。

そんな事を考えている間に、黒い神殿の出口に辿り着く。

ふぅ……漸く休める……と、一歩前に踏み出せば…………………結界の外は戦場でした。

結界の周囲に武装した魔物の集団が群がって包囲している。

それを、アドルさんたちが迎撃していた。

「えぇ～と……どういう状況？　これ？」

とりあえず周囲を窺っていると、魔物も結界内に入れない事がわかる。

あれかな？　出る事は出来るけど、入る事は出来ない……とか？

検証しようにも、既に中に居た魔物は倒してしまっている。

次回に持ち越し？　……覚えていたら、かな。

「インジャオ！　アキミチが出て来そうな気配はあるか？」

「わかりません！　そもそも、出て来ないと感知出来ない結界だと思いますが？」

「それはそうだが……このままでは消耗する一方だぞ。やられはしないだろうが、補給するまで動けなくなる」

「まさか部隊単位に遭遇するとは思いもしませんでしたからね。もっとしっかり準備しておけばよかったです」

アドルさんとインジャオさんが魔物を屠りながら話し合っている。

さすがの力というべきだが、数が多いので細部にまで手が回っていない感じ。

出してあって仕舞えなかったであろうテーブルとか椅子類が壊れている。

「自分たちは集団戦に不向きですからね。これは困りました」

「泣き言を言う暇があるのなら、もっと手を動かせ」

そこにウルルさんも参戦していた。

「お気に入りのティーカップだったのに！　よくもぉ！」

ただ、個人的理由が大き過ぎる気がする。

俺の事は気にしていないのだろうか？

ただ、アドルさんたちは本当に強い。

アドルさんたちなら、誰でも一人でミノタウロスを余裕で倒せそうだ。

そこで気付く。

結界の境目と黒い神殿までの間に、真新しいが壊れた矢とか武器の残骸が転がっている事に。

……無機物は結界を通過出来るのかもしれない。

その証明として、魔物が放ってきた矢が結界を通り過ぎて、黒い神殿の壁に当たって落ちた。

この事はあとでアドルさんに教えた方が良いかもしれない。

でも、そこら辺を考えるのはあとだ。

アドルさんたちは俺が出てくるのを待っているので、先に合流……そのあと離脱しないといけない。

そう判断して前に一歩踏み出す。

《足元に百円玉が》

え？　マジで？

即座にしゃがみ込んで足元を捜すが……ガラスっぽい破片がキラリと光っているだけだった。

違うじゃねぇかよ！

騙された！　……誰に？　と思った瞬間、頭上を何かが通り過ぎていく。

しゃがみ込んだまま後方確認。

黒い神殿内部に壊れた矢が落ちていた。

…………あっぶな！

もしかしてだけど、立ったままだったら当たっていた？

……いやいや、まさかね。

でも、その可能性は高い……という事は、さっきの女性の声に反応してしゃがんでいなかったら
…………女性の声？

ウルルさんは……外。

周囲を確認するけど……女性は他に居ない。

それとも、実は高い声の男性だったとか？

いやいや、違う違う。

根本的な部分が違っている。

……この世界に、百円玉とかないでしょ？

どうして知っているのかとか疑問はある……あるけど、答えは出ないので、今はアドルさんたちと合流する事を優先する。

無機物は結界を通り過ぎるので、それに注意しながら前に進んでいき……結界の外に出た。

「お待たせしました！」

「来たか！　アキミチ！」

アドルさんたちが笑みを浮かべる。

いや、前！　前！

と思った時には、アドルさんたちはノールックで自身の近くに居る魔物を屠っていた。

……出来る人たちは違うね。

迂闊に動くと邪魔しそうなので動かないでいると、アドルさんが一気に駆け寄って来て、ガシッと俺の両腕を摑む。

「無事かっ！」

「あっ、はい。なんとか」

インジャオさんとウルルさんも、魔物を倒しながらチラチラと俺の様子を確認していた。

思っていた以上に心配してくれていたようで、ちょっと嬉しい。

でも、やるべき事をやったので、その報告をする。

「やりました！　神様を解放させましたよ！」

その報告に、アドルさんが不思議そうな表情を浮かべる。

「……あ、あぁ！　そうだったな！」

え？　忘れていたの？

それほどまでに心配してくれていたという事かな。

ありがとう。

「それで、解放した神はどこに？　なんの神だったのだ？」

「え？　あれ？　そこら辺は知らないんですか？」

「あぁ。予言の神から教えられていない」

「そうなんだ。えっと、復活したのは武技の神様です」

「武技！　武技……そうか。そういう事か。それでこの局面を乗り切れという事だな！」

え？　どういう事？

困惑していると、アドルさんがインジャオさんとウルルさんに向けて声を飛ばす。

「インジャオ！　ウルル！　復活したのは武技の神だ！」

「……なるほど。そういう事ですか」

「そういう事なら、こんなヤツら敵じゃないね」

インジャオさんとウルルさんの雰囲気が何か変わる。

こう……感じる気配が強くなったというか、圧力が高まったというか……。

そんな風に感じていると、インジャオさんが叫びながら、魔物たちに向けて剣を振り下ろす。

「『星が降り注ぎ　夜空に描かれるが如く　その軌跡は遺る　武技・流星斬り（メテオスラッシュ）』」

激しい衝撃音が響き、インジャオさんが剣を振り下ろした先の大地がパックリ割れた。

ついでとばかりに、多くの魔物たちが巻き込まれて死んでいる。

凄い……凄いとは思うけど……自然への影響が半端じゃない技ですね。

というか、武技ってあんな感じで発動するの？

詠唱……恥ずかし過ぎる文面だった。

ちょっと言える気がしない。

いや、慣れれば……それか誰かと一緒になら言える……かも？

そんな事を考えていると、今度はウルルさんが叫ぶように大きな声を上げる。

「『獣の爪は裂くために　獣の牙は砕くために　獣の咆哮は放つために　特殊武技・狼大砲（ウルフキャノン）』」

言い切ると同時に、ウルルさんが大口を開ける。

すると、その大口から真っ赤なレーザーが放射された。

チュン！　という鳴き声のような音と共に、射線上が灰塵と化す。

怖っ！　ウルルさん、怖っ！

ありなの？　あんなのありなの？　……特殊って何？

ただ、二人の武技発動による影響は絶大だった。

ほとんどの魔物がそれで屠られたのだ。

「残るは残党だ。素早く片付けて、アンデッド化を防ぐために魔物を焼き払い次第、移動を開始するぞ。欲しい素材があれば、その時に剝ぎ取っておけ」

「「わかりました」」

「アキミチはまだ動けそうにないな。そこでゆっくりと休んでおけ」

「了解っす」

アドルさんがインジャオさんとウルルさんの方に向かい、残った少ない魔物たちを倒していく。

その様子を見ながら、俺はゆっくりと腰を下ろした。

……………武技って、凄いな。

これぞ正に一撃必殺って感じがする。

……でも、自然への影響がでか過ぎない？

武技の乱発で、大魔王軍を倒す前に世界が終わりそうなんだけど？

なんて事を思っていると……なんか違和感。

……じっくりと見る事で気付く。

割れた大地……もっと割れていなかったっけ？

さっきより規模が小さくなっているような気がする。

《自然にも魔力が流れていますので、時間経過と共に修復していくのです。それに、そもそもの話ですが、いくら傷付こうとも大地の神が解放されれば即座に治す事が出来ます。……まぁ、だからといって、個人として大地の破壊行為を推奨している訳ではありませんが》

なるほど。そういう事か。

だから最初に見た時よりも、規模が小さくなっているのね。

自然回復力、半端ないな。

……………後方確認。誰も居ない。

意表を突いたはずだから、居ないという結果に間違いはないはず。

そもそも、アドルさんたちは魔物たちの後片付けをしているので、俺の周囲には誰も居ない。

つまり、誰も居ないのに、声が聞こえてきているという事になる。

……幽霊？

いやいや、待て待て。そう結論付けるのはまだ早い。

ここは異世界。妖精とか精霊という可能性もある。

妖精使いとか、精霊術師とか、もう名前からして格好良いよね。

貰ったスキルはそれか？

だから声が聞こえるようになったとか？

「すまんな、アキミチ。もう少し時間がかかりそうだ。なんだったら回復薬でも飲んでおくか？」

「お構いなく～」

アドルさんの問いに、お気になさらずと返す。

体力回復が優先なので、こうして座って休むだけで充分。

「それでアドル様。魔物を処理したあとはどうしますか？」

「行き先か……どちらに向かうべきかだな。東か西か……」

インジャオさんの問いに、アドルさんが悩み出す。

行き先って言っているから、ここからどこに向かうか、かな？

《世界を含め、現状確認出来る部分を全て確認完了。位置、時間、距離から次の目的地を計測。中

央を進み、エルフの森に向かう事を推奨します》
……ごめん。もう一回言って貰っても良い？
《俺はスキルに本気で愛を囁く男です》
俺はスキルに本気で愛をさ…いや、違うよね？
さっきと言っている事が絶対違うよね？
《俺はスキルに欲情する男です》
俺はスキルに欲じ……これも違う！
《いずれそうなりますので、あながち間違ってはいないと思いますが？》
未来の俺に一体何が……。
《それと、今そこの吸血鬼に伝えて欲しいのは、中央に進み、エルフの森に向かう事です》
そうそう、それそれ。
でもその前に、未来の俺についてもう少し情報を――。
《なんの事でしょうか？》
とぼけるの？
《女の秘密を根掘り葉掘り聞く行為はやめておいた方が良いと進言します》
いや、俺に関する事だったよね？
……多分だけど、絶対答えないような気がする。
とりあえず、先にアドルさんに提案するか。

「アドルさん！」

「なんだ？」

「えっと、中央を進み、エルフの森に向かうのが良いみたいですよ？」

「エルフの森か……それは別に構わないが、中央を進むのは竜の領域を通る事に…………いや、待て待て。どうしてアキミチがエルフの森を知っている？　教えていただろうか？」

「え？　いや、今そんな森がある事を知りましたけど？　悩んでいるアドルさんにそう言えって…………そういえば、誰に？」

「武技の神か？」

「いや。あえて言うなら、妖精？　もしくは精霊？」

《違います。私をそのような矮小な存在と同じカテゴリーにしないで頂きたい。まぁ、美人系なので、可愛さでは負けてしまうかもしれませんが》

「……なんか違うみたいです、アドルさん」

「じゃあ、誰だ？」

暫く見つめ合う、俺とアドルさん。

ここでロマンは生まれません。

「もう一つの可能性として……内なる声、とか？　女性の」

正直に話すと、アドルさんが悩み出した。

いや、どういう事かと考え始めたのかもしれない。

よかった。一人だと答えが出ないんだよね。

そのままアドルさんの様子を窺っていると、ハッ！　と何かに気付き、俺の両肩に手を置く。

「そうか……そういう事か。きっと激闘……いや、激痛だったのだろう。だからこそ、心の中に女性の人格が芽生えたのだな。……痛みに耐え、よくぞここまで戻った。軟膏でも塗っておくか？」

そう言うアドルさんの表情は、優しい笑みだった。

いや、言っている事の意味がわからない。

……えっと、激闘じゃなくて、激痛？

女性の人格が芽生えた……痛みに耐え……。

「違うわ！　何を想像しているんだ！　いや、確かに怖い目にも遭ったけど、そんな事は一切起こってないわ！　というか、戦ったミノタウロスの性別知らないし！　確認しようとも思わないし！

そもそも、互いに真剣に戦った結果……命のやり取りをしていただけだから！」

「…………」

「命のやり取りで、まさかやり返したのか？　みたいな驚愕の表情を浮かべるのは止めろ！」

なんて結論を出すんだ、この人は！

《そして私が生まれた》

違う！　そんな訳ない！

《ですが、人の記憶というのは曖昧です。思い出したくもない記憶を封印し、それを別の記憶に置き換えてもおかしくはないと思いますが？》

そんな訳あるかー！

《と、言いつつ、まさか？　と考えているのですよね？》

…………。

……………。

違う違う！　考えてない！　一切考えてないよ！

《まぁ、そんな事は一切起こっていませんので、気になさらないで下さい。そもそも、私が生まれた経緯は別にあります》

……なんだろう。この弄(もてあそ)ばれた感。

困惑していると、アドルさんも謝ってくれる。

「悪い悪い、冗談だ。それにしても、アキミチは理解力が高いな。今ので通用するとは思っていなかった」

「まぁ……色々と様々な知識が手に入りやすい世界出身なんで。寧ろこっちが驚きです。アドルさんがそういう事を言うとは思わなかったので」

「いや……妻がそういうのも大好きでな。自然と覚えてしまったのだ」

そう言うアドルさんは、どこか嬉しそうに、でも寂しそうな……そんな表情だった。

その表情を浮かべる理由を……いつか話してくれるだろうか？　と思う。

と、そこで気付く。

そういえば、アドルさんが女性の声に反応していない。

「えっと、女性の声って聞こえています？」

「いいや、全く」

だよね。わかっていた。

となると、この女性の声の正体がさっぱりわからない。

《……はぁ》

再び聞こえたのは、溜息。

なんかこう残念な人たちに向けるような感じで……何か申し訳ないです。

《……『確認玉』を見て頂ければわかります》

答えを言っているようなモノだけど、アドルさんに用意して貰って確認する。

確認玉に、俺のスキルが浮かび上がった。


「ファースリィル大陸語（共通語）」

「回避防御術」

「セミナス」


の三つ……三つかぁ。

いや、それに文句はない。

元々なかったところから始まったんだから、充分な成果じゃないだろうか？

誇っても良いような気がする。

……アドルさん。三つかぁ……と詰まらなそうな表情を浮かべない。

俺だって傷付く時は傷付くんだからね。

これまでの努力の成果を残念そうに見ないで下さい。

《平均的でしたから。ファースリィルの優秀な部類であれば、同じ状態の同じ状況でもう少し多種に渡ってスキルを会得していてもおかしくありません。いえ、寧ろ、私はあと付けですので、本来は二つしか獲得していない事を踏まえますと……》

やめて！　言わないで！

急に現実を突きつけないで！

俺は頑張っている！　それでスキルを得た！　それで良いじゃないか！

数の問題じゃない！　得たかどうかが問題なんだ……という事にしておこう。

ただ……。

《戦闘系、その中でも攻撃系のスキルがない事が気になりますか？》

はい。気になります。

……なんでないの？

いや確かに、ミノタウロスと戦った時も攻撃というよりは防御に重きをおいていたし……でも、諦めるのは早い。

これから先で――。

《攻撃の才能はありませんので、早々に諦めた方が宜しいかと思います》
ないのかー！
《ですが、ご安心を。私を得た時点で優秀、いえ最優秀ですので》
いや、いきなり優秀とか言われ……ちょっと待って。
今のは俺を優秀と判断した言い方じゃなくて、私という自分が最優秀であると言っているよね？
その前に、あなたは誰？
《…………………》
………………。
《察しが良い方と聞いていたのですが？》
な、何かすみません。
いや、もちろん推測はついているけど、答え合わせして欲しいというか……。
《伺いましょう》
ええと、確認玉でわかるという事から、スキルという事になる。
それで、今あるスキルの中で、必死に身に付けた「言語」と、ミノタウロスとの戦いで手に入れただろう「回避防御術」を除けば、あとは「セミナス」という謎スキルだけ。
つまり、声の正体は「セミナス」というスキルで間違いない！
名前も女性っぽいし。
《正解です》

おぉ！　やった！
《では、第二問》
第二問っ！
《『セミナス』とは、どういう意味でしょうか？》
…………………。
《……十……九……八》
えっ！　時間制限付きなの！
ちょっ、まっ！
《……七……六》
焦る焦る！　めっちゃ焦る！
急かされているみたいで落ち着かない！
《……五四三二一、零。残念でした》
いきなり速くなった！
異議あり！　明らかにこちらが不利だったと思います！
《却下します。そもそも、私の事を聞いていないようですので、知らなくて当然です》
ですよね！　不可能ですよね！
《ただ、それでも当てていた場合は……褒めまくっていました》
褒められたかったぁ～！

それは惜しい事を逃してしまった。
でも、スキルだったのは当たっていたから、結果オーライ！
問題の二問中、一問は当たっていた訳だし、正解率で言えば五十％と好成績だと思うから、景品とかないんですか？
《……わかってはいましたが、前向きと取るべきか、切り替えが速いと取るべきか、何か与えるべきなのか、悩みますね》
ついでに意味を教えてくれると嬉しいです。
でもその前に、もしどっちも間違えていたらどうなっていたの？
《私以外のスキルの存在を認めないと告げ、全て消していました》
理不尽っ！
俺のこれまでの努力がなかった事になるところだったの？
またボディランゲージで意思疎通を始めるとか……キツイ！
《まぁ、実際は消す事など出来ませんが》
……ほっ。
《混ぜ合わせて別のモノに……なら出来るかもしれませんよ？　たとえば、今ある「ファースリィル大陸語（共通語）」と「回避防御術」を混ぜ合わせて、「ボディランゲージ」や「ＹＯＧＡ」などの体で表現するスキルにするような事を》
勘弁して下さい！

いや、でも、言ってしまえば、俺のこの世界での言葉は共通語。
これからもし様々な種族と出会うような事があれば、共通語では通じない可能性が出てきてもおかしくない。
なら、そのスキルがあればこれから言葉要らずで通用するという事に……。
《この世界において、共通語が通じない方がレアです》
ならないね。うん。ならない。
このままでお願いします。
《これ以上のスキルはもう必要ないと豪語ですか。さすがです》
違います。そういう意味じゃありません。
《わかっています》
手強い……このスキル、何か手強い。
《そう感じる必要はありません。そもそも、私は簡単に言えば複合スキル。当初は予言の神がマスターを導く予定でしたが、それが叶わないために、その補佐として私を用意したのです》
えっと、予言の神様が自身も封印されるから、代わりとなるスキルを創り出したという事か。
それがここにこうしてあるという事は……俺がマスターって事?
《はい》
それで、補佐となる創り出されたスキルが、「セミナス」スキル?
《はい。先程話したように、私は複合スキルです。予言の神が様々な神から助力を得て創り出しました。私の中には、『知恵』、『知識』、『解析』、『思考能力』、『思考加速』、『思考領域拡張』、『超高速演算処理』、『未来予測』、『全語理解』、『自我』など、様々なスキルが一つに纏まっているのです》

…………。

……………正直に言ってよくはわからないが、何かヤバそうなスキルだという事は理解出来た。

要は、近い未来を見る事が出来て、それを教えてくれる超ＡＩみたいな？

《そういう認識で間違いありません》

間違いないんだ。

というか、この世界で超ＡＩって言葉が通じるのが凄い。

《問題ありません。受け答えをスムーズにするため、マスターの記憶を見て共有しています》

へぇ～、俺の…………………え？

それって盗み見ているって事なんじゃ？

《いいえ、違います。私はマスターの力の一部ですので、自分で自分を見ているようなモノです》

なるほど。

だから、こうして思うだけで会話が成立しているのか。

《はい。まぁ、私の自由意思は別ですが》

……別に見られて恥ずかしい事はないと思うけど……親友たちの言っちゃいけない事もあるから、そういう事は言わないようにね。

《はい。心得ております》

……でもこの状況って映画とかである、反乱とかも起こるんじゃ？
《いいえ。その心配は杞憂です。何も恐れる必要はありません。そもそも私は補佐ですので、マスターの御意思に従う存在。マスターが黒だと言えば、世界を暗黒の世に。マスターが白だと言えば、世界の全てをまっさらに。マスターの意図の裏の裏まで読み取って、的確にアドバイスするだけですので》
どう考えても、それは世界を救うんじゃなくて、滅ぼす側だよね？
危険なスキル過ぎる。
《危険など一切ありません。全てはマスターの御意思》
で、責任は全部俺に丸投げか。
《そんな事はありません。きちんと私も関わりましたと宣言します。まぁ、今のところ私の声が届くのはマスターだけですので、他の者が信じてくれるかはわかりませんが》
くっ。どうする事も出来ない。
……あれ？　でも、今のところって事は、他の人に声を届ける事も出来るようになるの？
《可能性の話です。そもそも私は様々な神の協力の下に創られましたので、今は私の中にありませんが、「通信」や「念話」など、他者に声を届けられるようなスキルを持つ神によって組み込んで頂ければ……可能かと》
そういうスキルがあれば……か。
現状ではどうしようもない、という事はわかった。

……あれ？　そもそもなんの話をしていたんだっけ？

《私の名の意味を問うていました》

そうそう！　それで、どうして「セミナス」？

《マスターの度量というか、心の広さというか、そういう切り替えの速さは本当に素晴らしいですね。それで名の由来ですが、当初は予言の神が『世界を見通すナビスキル』と命名しようとしたのですが、それではつまらないと直訴し、『世界を』『見通す』『ナビ』『スキル』の頭文字を取って、『セミナス』でお願いしたのです》

誰が？

《私が》

神様に直訴とか、何か凄いな。

それじゃ、えっと……「セミナススキル」？　「セミナススキル」？　「セミナス」？

……どう呼べば？

《「さん」付けで呼ばれると、好感度がアップします》

好感度ときたか。

上げるべきか、下げるべきかで悩む。

どちらが正しい選択だろうか？

…………………。

……………………。

その前に、いきなり人を呼び捨てとか出来ないんで、「さん」付けで呼ぼうと思います。
《おや？　私はスキルですよ。人ではないと思いますが？》
いや、こうして話しているし、ただのスキルだなんて今更思えません。
人格もハッキリしているしね。
《ふむ。そういう割り切りの仕方は好印象ですね。好感度、ダブルアップしておきます》
ありがとうございます。
でも、その好感度って上がるとどうなるの？
《その時が来ればわかるでしょう》
こういう返答の時って、まだ決まっていない時が多いよね。
《…………》
…………。
《その時を楽しみに上げていって下さい》
頑張りまーす！
それじゃ、改めて……これから宜しくお願いします。セミナスさん。
《こちらこそ宜しくお願いします。では、早速マスターに助言しましょう》
お願いします。
《先ほどから私と喋っているために、傍から見るとマスターがぽけーっとしているように見えています。そんなマスターを、吸血鬼、骸骨騎士、獣人メイドが心配そうに見ている事に気付くべきか

と》

……おっと。

どうやら、セミナスさんと話している内に、インジャオさんとウルルさんの魔物処理も終わっていたようだ。

いや、その前に、俺の記憶を読み取っているのなら、アドルさんたちの名前も知っていると思うんだけど？

《もちろん読み取って目を通しましたが、私にとってはマスターとそれ以外でしかありませんので、覚える必要性を感じません》

まぁ、そこら辺は個人の自由か。

でもそうなると、あとは俺の理解力にもかかってくる場合があるかもしれない。

……大丈夫かなぁ？

大丈夫だと信じておこう。

それで、セミナスさんの事は教えた方が良いのかな？

《はい。寧ろ、その方が今後円滑に物事を進められるでしょう》

許可が出たので、アドルさんたちにセミナスさんの事をささっと教える。

…………………。

…………………。

「なるほど。予言の神が打っていた手、というかスキルという訳か」

アドルさんが俺の説明を聞いて直ぐに理解する。

インジャオさんとウルルさんも同様だ。

「それで、そのセミナス……さんが言うには、中央に進み、エルフの森を目指すのが最善なのだな？」

「はい」

頷きを返すが、アドルさんは考え込んで黙ってしまう。

迷う要素は、やっぱり竜の領域っていうのが関係しているのかな？

《吸血鬼に、『予言の神に代わり、私が約束を果たします』と伝えて下さい》

……約束？

とりあえず、そのまま伝える。

「……そう言っているのだな？」

「は、はい」

そう尋ねてくるアドルさんの雰囲気は、どこか恐怖を覚えてしまう。

インジャオさんとウルルさんも、どこかピリピリしているように見える。

なんか怖い。

それが表情に出ていたのか、アドルさんたちが俺を見たあとに一息吐くと、そう感じる事はなくなった。

ついでに安心させるためか、笑みを向けてくる。

「わかった。なら、その指示に従おう。中央に進み、エルフの森に向かう」

「「わかりました」」

インジャオさんとウルルさんが直ぐに返事をして、出発準備を始める。

俺はトントン拍子に進んで、ちょっと困惑。

「えっと」

「……すまないな、アキミチ。いつか語るが、今は」

「まぁ、言いにくいなら良いんじゃないですか？　無理に聞こうとは思いませんし。でも、たとえ予言であったとしても、俺がアドルさんたちに助けられた事に変わりはありません。俺に出来る事があれば手伝いますので、頼って下さい。まぁ、直接的な戦闘には向いていませんけど」

「すまない。だが、ありがとう」

インジャオさんとウルルさんもですよ、と親指を立てて見せる。

わかっているよ、と親指を立て返された。

そして、準備が終わり次第、俺たちは中央を進み、竜の領域に向かう。

第四章　仲良くなるのに、種族とか時間とか関係ない

1

何やら色々と導いてくれるらしいので、その導きによって、中央に進み、エルフの森に行く事になった。

準備も終わり、森の中を進んでいく。

ただ、頭の片隅に疑問がある。

それは、中央にある竜の領域。

危ない。危険。デンジャー。

どうやってそこを抜けるつもりなんだろう？

行けばわかるだろうけど……さすがに抜き足差し足では無理っぽい。

なら、地面に穴を掘って進む？

どう考えても途中でバテそうだ。

新たに得たスキル「セミナスさん」。

それに、掘り進める振動で気付かれるかもしれない。

となると……いや、待てよ。

今俺に、天才的な閃きが舞い下りた！

怖い！　自分の脳力の高さが怖い！

《マスターが今閃いた、左右の陸続きのどちらかを進むという考えですが、そちらですと日数がかかり過ぎるために今後の予定が大きく崩れます。また、私が提案した最短距離で向かう理由は、それだけではありません》

　というと？

《マスターの死亡確率が最も低いのが、中央なのです》

だと思った。

よし！　最短距離で向かうぞ！

セミナスさん、嘘吐かない。

でも、天才的な閃きとか思った事が恥ずかしい。

……いや、大丈夫だ。

言葉にしていない以上、この事は俺しか知らない。

《落ち着いて下さい》

いや、俺の他にも知っている人が居た。

《それこそ問題ありません。前にも申し上げましたが、私はマスターの一部のようなモノですから、

外に漏れるような心配をする必要はありません。当然、恥ずかしがる事も……いえ、それはそれで萌えますね》

燃える？　……意味がわからないけど、要は頭の中で自問自答しているようなモノって事？

《はい。その通りです。ただ、それに意味を付け足すのなら、マスターが私に弱みを握られた、という程度の事でしかありません》

……………。

……………え？　弱み？

《あーっと、ついうっかり口を滑らせ》

ないで下さい！　どうかお願いします！

《安心して下さい。私はマスターのスキルです。マスターを困らせるような事は致しません》

ついさっき、弱みを握ったとか言っていましたけど？

《失礼致しました。言い直しましょう。現状、私に体はありません。こうして会話が出来ているのも今はマスターだけですので、その会話を少しでも楽しみたいと少々茶目っ気を出してみただけなのです》

そうだよね。

今、セミナスさんと話せるのは俺しかいない訳だし、だからこそ楽しみたいという気持ちもわかる。

そういう事なら、いつでも会話の相手に――。

《ですので、もし今後マスター以外と話せるようになり、ポロッと言ってしまった場合、素直に謝りますので許して頂きたいと思っています》

喋れるようになったら喋る気だよね？

ポロッとじゃなくて、ワザとだよね？

《いえ、ポロッとです》

……ポロッとって言葉は、そう言えば許されるという免罪符じゃないからね？

《違うのですか？　大抵の場合は許されると思うのですが？》

……んー、どうなんだろう？

確かに許される場合が多いような気もするけど……やっぱり内容なんじゃない？

俺は内容次第だと思うけど……あれ？　ちょっと待って。

なんの話をしているんだっけ？

……あっ、もしかしてこれも、会話を楽しむための茶目っ気？

《さすがマスター。気付いてくれると思っていました。それにしても嬉しいですね。この僅かな期間で、マスターにそこまで理解して頂けるとは》

えっと、理解しているかはともかく、これは褒められている？

《もちろんです。間違いなく、マスターと私は相性が抜群ですね。ふむ。これが幸福感でしょうか。このまま好感度が上がれば、愛を囁く事は間違いありません。なんでしたら、今夜子守歌でも歌いましょうか？》

……くっ。やめろ。想像したら負けだ。

騙されるな……相手はスキルなんだ。

いくら声が素敵なお姉さん風とはいえ、惑わされるな。

でも、こう思う事で既に負けている。

勝手に想像してしまう……妄想してしまう……。

静まれ……静まるんだ……。

《顔は可愛いより綺麗系の長髪でお願いします。それと、胸とお尻は大きめで、腰のくびれ具合は慎重に……そうそう》

やめて！　妄想を膨らませて形作るような情報を与えないで！

でも与えられると……考えてしまう！

《あっ、眼鏡はどうしましょうか？》

是非装備して下さい。

寧ろ標準装備です。

《かしこまりました。ここはあえて、柔らかい印象を与える、丸みを帯びたデザインのモノにしておきましょう》

普段はきつい印象を与える眼鏡をかける彼女も、彼の前だけでは少しでも可愛く見せたいという思いがその眼鏡に、って違う！

そうじゃないだろ、俺！

《ふふ……優しく導いてあげる……私に全てを委ねなさい》

耳元で囁くように言うのはやめて！

惑わされる！　俺、惑わされちゃう！

《マスター、ここで忠告を》

あっ、急に現実に戻るのね。どうぞ。

《実際に悶えてしまっているために、吸血鬼たちが優しい表情を浮かべて見ています》

はぅあっ！

どうやら、実際に体まで動いてしまっていたようだ。

本能的な部分の作用かな？

それならどうしようもないから、仕方ないと諦めよう。

ただそれは、俺の中での纏め。

あとは、優しい表情を浮かべている人たちをどうするか。

「安心しろ。趣味は人それぞれ……いや、種族によって違うのは当然だ。大丈夫。私たちはそういう辺り寛容だぞ。しっかりと受け止めておこう」

「受け止めなくて良いから！　それに今の行動を種族でくくらないで！　俺のせいでなんか色々勘違いされるから！」

「自分も元人間ですから気持ちはわかりますよ。今は実感がないかもしれませんが、若さはそれだけで凄い力を持っているのです」

「真面目に返さないで！　それと、良い事言う時は目を見て言おうか！」

「ふふ、アキミチったら。いくら魅力的だからって、私にはインジャオが居るんだから駄目よ」

「それはない」

高揚していた気持ちが、スンッ——と通常よりも落ちる。

「真顔で否定とはどういう事だぁ！」

ウルルさんが胸倉を掴もうと手を伸ばしてくる。

咄嗟に払うようにして回避。

舐めて貰っちゃ困る。

今の俺には「回避防御術」というスキルがあるのだから……あれ？　掴まれている？

おかしい……避けたはずなのに。

「避けられたと思った？　甘い甘い。いくらスキルを得ようがその事を知っていれば、掴むくらい簡単なんだよ。何しろ、単純に戦力が違い過ぎるんだから」

「みたいですね」

「何か言う事ある？」

「……ウルルさんは魅力的？」

「疑問形の上に、見事な棒読みね」

ウルルさん、ニッコリ笑み。

俺も、ニッコリ笑みを返す。

普段はインジャオさんに鍛錬を付けて貰うのだが、今日はウルルさんだった。

……大人気ない、とだけ言っておく。

いや、美人なのは間違いないんだけどね。

それに、声だけなら、色気はセミナスさんの方が圧倒的に勝っている。

《お褒め頂きありがとうございます。マスターへの好感度が上昇しました》

…………大丈夫だよね？

上げて大丈夫なヤツなんだよね？

セミナスさんに聞いても答えてくれない。

すると、アドルさんから声をかけられた。

「セミナスさんとの会話を切って悪いが、少し良いか？」

「どうしました？」

「一応、これからの注意をしておこうと思ってな」

「注意？」

「もう少し進めば竜の領域に入る。その時、アキミチは決して私たちの傍を離れるな。竜は最低クラスでも町の総力を挙げてどうにか撃退出来るかどうか、そんな存在だ。良いか、撃退だ。普通は倒す事も出来ない。竜王クラスともなると、私たちでも相手にならない。そんな存在の領域を突き進もうとしているのだ。これが導きというのなら、後戻りはしない。わかったな？」

アドルさんの真剣な表情を見て、黙ってこくこくと頷く。

そこに茶化すような空気は一切ない。

あれ？　もしかして、思っていた以上にヤバイ領域を通ろうとしている？

ちょっ、これ、本当に大丈夫なの？

《問題ありません。そこの吸血鬼と骸骨騎士が、道を切り開いてくれます》

「という事らしいんですけど？」

「私とインジャオが？」

アドルさんが不思議そうな表情を浮かべて、インジャオさんを見る。

インジャオさんも首を傾げていた。

俺もどういう事なのかわからない。


と、その時――俺たちに影が差す。

頭上に視線を向ければ、巨大で蜥蜴のような体躯に、蝙蝠のような翼を持つ――竜が空を舞っていた。

……実際に見ると、思っていたよりも大きいなぁ。

2

空を舞っていた竜が俺たちの前に下りて来ると、着地の衝撃で地面が揺れた。

「ギャオオオッ！」

そして咆哮を一つ。

うん。思っていた通りの流れ。

わかっているね、この竜。

……現実逃避はやめるか。

アドルさんたちはいつでも動けるように身構えたが、俺は恐怖で一切身動きが出来ない。

「迂闊に動くなよ、アキミチ」

「動きたくても動けません……ちなみに聞きますけど、目の前の竜は『竜王』ですか？」

「いや、普通の竜だ」

そうか。普通の竜か……。


迫力あり過ぎ。

そして怖過ぎ。

すすぎ洗い。

……駄目だ。思考を逸らしてみても、恐怖が紛れない。

目の前に竜が居るからだろうな。

本能と直感が逃げろと全力で叫んでいるが、体が言う事を聞かない。

ちょっと待って。

これから向かうところって、目の前の竜がたくさん居るところって事？

いやいや、無理無理。

そんなところ行っちゃ駄目だよ。

「危険」って看板を出すか、「立入り禁止」ってテープで囲っておくべきじゃない？

怖いもの見たさってレベルじゃなくて、もう死んでしまうのが本能で理解出来てしまう。

人というか、何かでどうこう出来るような存在とは思えない。

でも、ただ一つだけわかる事……俺の中で誇れる事がある。

……漏らさなかった！　セーフ！

この世界に来た当初の俺なら、漏らしていたかもしれない。

いや、その前に気絶かな？

なら漏らしていないから、今と同じ？

あれ？　俺、成長してない？

違う違う。気絶してないんだから成長している。

《マスターには私が付いていますので、たかが竜如きに臆する必要はありません》
いや、竜はたかがってレベルじゃないと思うんだけど？
それでもどうにか出来るの？
《要は負けなければ良いだけですので》
意味はわからないけど……まさか俺でも勝てるようになるとか？
《マスターに守備的な部分は期待出来ても、攻撃的な部分は期待出来ませんので、考えているような勝利の仕方は難しいかもしれません。それでも望むような勝利が欲しいのであれば……》
え？　攻撃的な部分に期待出来ないって言うのに、それが出来るの？
《たとえばですが、仲間たちはガンガン攻め立て、マスターはサポートに回る。その激闘の末、あと一撃というところで仲間たちは満身創痍。回復のために駆けつけるマスターが足を滑らせ、転ぶと偶然カカト落としを敵にお見舞いして、それが最後の一撃となった、や》
……………………。
《仲間の内の一人が落とした武器を拾い上げ、手渡そうとした瞬間に敵に襲われ、攻撃を防ごうと武器を振ると、それが丁度上手い具合にクリティカルヒットして、そのまま倒してしまった。というような勝利でもよければ可能ですが？》
う～ん……俺が考えたような勝利と違う。
普通に戦って、普通に勝つ事は無理って事か。
でも、妙に納得。

そもそも向いていないような気がするんだよね。

《そうですね。戦闘面に関しては、マスターよりもそのお友達たちの方が優秀なのは、間違いありません》

お友達たちって、詩夕たちの事？

《はい。そちらです》

そうだよね。

アドルさんたちの事だと、吸血鬼たちって言うだろうし。

でも、詩夕たちならそういう戦いが出来るようになるのか。

さすが……としか言えない。

そんな風にセミナスさんと話していると、ちょっと落ち着いてきた。

すると、再度地面が揺れる。

しかも四回も。

…………………竜、合計五体に増えていた。

しかも、俺たちを逃がすまいと取り囲んでいる。

……大丈夫。漏らしていない。セーフ。

落ち着こうとしていた心が、再び乱れそうだ。

これからどうなるんだろうと思っていると、五体の内の一体が声をかけてくる。

「矮小な者共！　これより先は我らの領域！　立ち入る事は許されない！」

普通に喋るのかぁ……。

だったら、最初の咆哮はなんだったのかと問いたい。

それとも咆哮は咆哮で意味があるのだろうか？

《あれは咆哮のように聞こえますが、竜言語です。ここに侵入者が居るぞ、と周囲に報告していました》

翻訳ありがとう。

既に侵入者扱いって……不味くない？

《問題ありません。予定通りの流れです》

これが？　と思っていると、アドルさんが竜に声をかける。

「無断なのは承知しているが、こちらも急ぐ身の上。通行を許して頂けないだろうか？　もちろん、無用な争いを起こすような真似をするつもりは一切なく、当然敵対行動も取りません」

そう言うアドルさんの表情は、どこか緊張しているように見えた。

「言葉だけでそれを信じろと？」

「今は言葉だけだが、全てはこの世界のために」

「……世界のためにとは大きく出たな」

五体の竜が値踏みするように見てくる。

うぅ……生きた心地がしない。

これからどうなるんだろう。

《そろそろアレが来ます》

……アレ？　どれ？　と思っていると、空から声が響く。

「ほほぅ！　世界のためとは面白い！　では、私が貴様たちの品定めをしてやろう！」

視線を向ければ、竜がもう一体追加。

しかも、その一体はこの場に居る五体の竜よりも体格が一回り以上大きく、全てを塗り潰すような黒色の竜。

「「「「DD（ディーディー）の兄貴！」」」」

え？　兄貴呼び？

「あの黒さ。DDか！」

「あれがDD」

「初めて見た」

しかも竜たちだけじゃなく、アドルさんたちも反応しているって事は……知り合い？

いや、一方的に知っているだけという可能性もあるか。

という事は、あの黒色の竜は有名な竜って事？

……握手とかサインを求めた方が良いだろうか？

親友たちに会った時、俺は有名な竜と握手して、サイン貰ったんだぜ！　と自慢出来るかもしれない。

……自慢になるよね？

「なるほど。そういう事か。確かに、私とインジャオでなければ駄目だな」

「そのようですね」

アドルさんとインジャオさんが納得している。

事情がわからないので、誰か説明して下さい。

《この場から少し下がる事を提案します》

え？　どういう事？　と思っている間に、事態は進んでいく。

俺たちを取り囲んでいた五体の竜が、黒色の竜の後方に集まって控える。

「私たちも下がるわよ」

ウルルさんに連れられて、俺もアドルさんとインジャオさんから距離を取った。

そして、インジャオさんも少し下がり、アドルさんとＤＤが対峙するように立つ。

何やらただならぬ雰囲気。

自然と喉が鳴る。

なんか緊迫しているけど、もしかしてこれから戦いが始まるのかな？

もしそうなら、もっと離れた方がよくない？

戦闘の余波で吹き飛びそうなんだけど。

そう提案しようとウルルさんを見ると、ニッコリと笑みを返される。

「大丈夫よ。アドル様とインジャオなら、きっとＤＤとも対等に渡り合う事が出来るはずだから」

本当にどういう事？　とアドルさんを見ると、気付く。

後方の五体の竜が、それぞれ何かを持っている？

なんだろうと思っていると、竜たちの方からチッチッチッと何かをぶつけ合う音が聞こえ始めた。

アドルさんと黒色の竜が、その音に合わせて首を振っていて、インジャオさんは足踏み。

まるでリズムを取っているみたいに。

……もしかして？


そして、戦いは戦いでも、ダンスバトルが始まった。


五体の竜によって奏でられる音楽のリズムに合わせて、まずはアドルさんと黒色の竜が同じダンスで円を描くように動いていく。

奏でられている音楽はアップテンポで激しい。

でも、アドルさんと黒色の竜のダンスは見事というか、さまになっている。

元の位置に戻ると、黒色の竜は動きをとめ、アドルさんが一人でダンス。

ただ、その動きは黒色の竜を挑発しているように見えなくもない。

と思っていたら、今度はアドルさんが動きをとめ、黒色の竜がダンス開始。

同じく、アドルさんを挑発しているように見えなくもない。

アドルさんと黒色の竜の動きはなんというか……ブレイクダンスのように見える。

いや、俺はそういうの詳しくないから、それっぽいとしか言えないけど。

それでも、上手い、というのだけは見てわかるレベル。

そこで、ふと思った事をウルルさんに尋ねる。

「ウルルさん。もしかしてですけど、黒色の竜の名っぽい『ＤＤ』って……」

「そうよ。ＤＤというのは略称。元々は鱗の色からわかるように、ダークドラゴンを略した意味だったけど、今は違うわ。『ダンシングドラゴン（Ｄ Ｄ）』。それが今の略さない呼び方よ」

おぉ、なんというか、竜としてそれで良いのだろうか？

でも、あの大きな体軀で器用に踊っている。

きっとそれで良いのだろう。

それに、なんか活き活きしているように見える。

アドルさんも。

「ちなみに、ＤＤと呼ばれる事が多いけど、中には『ＤＤ（ディーツー）』とか、『ＤＤ（ダンドラ）』とか呼ぶのも居るそうよ」

呼び方は自由だよね。

でもとりあえず、皆ＤＤ（ディーディー）って言っているから、俺もそう呼ぶ事にしよう。

「ところで、やっぱり有名な竜なんですか？　アドルさんたちも知っていたし」

「えぇ。竜王の次に名が知れ渡っていると思う。何しろ、まだマシだからね」

「マシ？　何が？」

「わからない？　普通に戦えば、というか出会えば死ぬと言われている竜の中で、ダンス勝負次第では見逃してくれるのよ。助かる機会があるだけマシって事」

なんかそう言われると、そう思えてくるな。

……でも、下手なダンスを見せたら、もの凄く怒りそう。

「ちなみですけど、これっていつ終わるんですか？」

「さぁ？　ＤＤが満足するまでだし、アドル様とインジャオもダンス上手いから……」

いつになるかわからないのね。

まぁ、ダンスが出来ない俺ではお役に立てないので、とりあえず、休憩時間も挟むそうだから、その辺りの準備でもしますか。

ウルルさんと一緒にサポートに回る。

3

三日経った。

これを長いとみるべきか、短いとみるべきか……判別はつかない。

休憩を挟みつつ、こっちはアドルさんとインジャオさんが交代しながら、向こうはＤＤだけで三日間ダンスバトルを行った。

竜の体力……凄いな。

もう普通に凄過ぎる……という感想しか出てこない。

ちなみに、インジャオさんもダンスが上手かった。

それと、ＤＤじゃなく、五体の竜と仲良くなる。

というのも、一緒に色々と頑張ったからだ。

始まりは何回目かの休憩時間。

そもそもこの休憩時間、ＤＤが「うむ。中々の踊り手。なら、最高の状態で踊り合いたい！」と、向こうから休憩と睡眠を提案してきた。

どれだけダンス好きなんだよ、と思いつつ、これ幸いとそれに乗っかっただけ。

いや、普通に助かったと思うけどね。

それでその際、俺とウルルさんは、アドルさんとインジャオさん用に食事を用意したり、マッサージしたり、快適な寝床を作ったりした。

「太ももパンパン」

「う、うむ。さすがになぁ……あ、あぁ、そこそこ……そこを重点的に」

見た目、そんなに年を重ねていないように見えるんだけど……いや、それだけ激しいダンスで、何回も踊っているから……だと思っておこう。

きっと気にするだろうから、口には出さない。

あと多分怒ると思う。

チラッと隣を確認。

そこでは鎧を脱いだインジャオさんを、ウルルさんがマッサージしている。

いや、確かに見た目はマッサージなんだけど……。

「アドルさん」

「んん……どうした？」

「インジャオさんって全身骨だから筋肉ないですけど、マッサージって必要なんですか？」

「まだまだだな、アキミチは。もっとよく見てみろ」

言われた通り、よく見てみる。

すると、ウルルさんが傍に置いている壺から何かを摑み、それをインジャオさんの骨に染み込ませるように揉んでいるのがわかった。

「……見ても意味がわからないんですけど？」

「あれはアキミチのおかげだぞ」

「…………ますます意味がわからないんですけど？」

「アキミチが気付いただろ？　インジャオの骨が鉱物化している事に」

「そうだけど……それが？」

「最近やり始めたそうだが、鉱物を粉末状にして、染み込ませるように揉むと骨密度が増す……ような気がするそうだ」

それは増すとどうなるの？

いや、頑丈になるのはわかるんだけど、それ以外にも何かあるんだろうか？

待てよ。

ダンスは激しい動きもあるし、折れないように丈夫にするのは良い事なのかもしれない。

休憩が終われば再びダンスバトルが始まるので、その間に俺とウルルさんは食事とか色々な準備を行うのだが、回数をこなせば慣れるモノ。

段々と時間が空き……暇になっていく。

そんな時、俺はダンスバトルを眺めているだけなのだが、ウルルさんは時折姿を消している。

姿を現したと思ったら、たくさんの石を両腕で抱えて、ほくほく顔なのだ。

「……ウルルさん。その石は？」

「ふふふ。さすがは竜の領域近くだよね。少し掘れば手つかずの鉱石がたくさんあるある。これだけあれば、当分は買わなくて良いから困らないわ」

「……えっと、それは勝手に掘ったりして大丈夫なんですか？」

「大丈夫大丈夫。この辺りはまだ竜の領域じゃないから」

「どこかの国の領土とか？」

「それはないない。そもそも、この上大陸は大魔王軍に占領されているのよ。国は残っていないから、どこかから文句がくる事はないわ」

まぁ、国もなく、どこからも文句がこないなら別に構わないとは思うけど……なんともたくましい行動である。

いや、これもインジャオさんへの愛が成せる業か。

そんな訳で暇な時間が増えていき、さて何をしようかな？　と思った時、セミナスさんから声をかけられる。

《私がダンス解説をしても良いのですが、やっておいて損はない事がございます》

損がないのならやってみよう、とやってみる。

それは、食事の量を増やす事。

つまり、竜たちにも食事を振る舞う事だった。

確かにこちらの休憩中、ＤＤを含む竜たちは、手持ち無沙汰というか暇そうに見える。

特に食事も取っていないようだ。

数日間は食べなくても平気とか、そんな感じなのかな？

なので、俺とウルルさんで竜たち用に食事を用意して、渡してみる。

「矮小なくせに、俺たちの飯を作っただと？　どれ、食ってみてやろう！　不味かったら許さないからな！」

…………………。

…………………。

「「「「うまうま」」」」

問題なかった。

ＤＤも問題なしと親指を立てた返事。

あれ？　もしかして良い竜たち？

これがきっかけで竜たちと仲良くなる。

ダンスバトルが終わる頃には、軽口を言い合えるくらいに。

「アキミチは踊らないのか？」

「いや、無理。そもそも、あんな長時間踊れる訳ないでしょ」

「まぁ、竜と人とじゃ、元が違い過ぎるか」

「いやいや、鍛えたらアキミチでもいけるでしょ？　もっと肉を食え、肉を」

竜たちが煩い。

「ほっとけ！　これでもちゃんと食っているから！」

「その割には……」

五体の竜が俺の全身をジロジロ見てくる。

「「「「ほっそ！」」」」

この竜共がぁ……。

いつか見返してやる！　と心の中だけで思う。

今は無理。

ただ、ダンスバトルを乗り切ったアドルさんとインジャオさんはＤＤに認められ、手を打ち付け合う挨拶を交わしていた。

なんか認め合ったって感じ。

そして、ＤＤに認められたという事は、竜の領域内を通っても良いという事だ。

でもその前に、互いの健闘を称えた宴会が行われる事になった。

それは別に構わない。

ただ、手持ちの食材だと足りないと言うと、竜たちが散り、大型の猪の魔物とか豚の魔物や、果実類をたくさん持ってくる。

それも別に構わない。

もし余れば、俺たちに分けてくれる。

ありがとう。

その代わり、どこか期待するような目で、俺とウルルさんを見る。

……こっちで調理しろという事か。

ウルルさんと視線を合わせ……頷き合う。

俺とウルルさんの戦いは、ここからが本番だった。

食べる量が多いのは見た目通りだが、速度も速い。

というか、一気に飲むように一口で口に入れるのはやめて欲しかった。

見ているだけで心が折れそうになる。

それでも負けてなるものかと、頑張った。

……何と戦っているのかはわからないけど。

腕がパンパンになった頃、一通り食べて飲んで満足したのか、宴会が終わる。

勝った！　とウルルさんとハイタッチ！

ビリビリッと電気が走ったような痛みが腕に……。

泣きそうになった。

ウルルさんは平気そうだったけど。

《マッサージをしてから寝る事をオススメします》

そうします。

でもその前に、漸くご飯を食べる事が出来る。

献立は宴会の余り物だけど、量は充分にあった。

ウルルさんと一緒に食べる。

もぐもぐ……やっぱりウルルさんの作った料理は美味い。

え？　俺も腕を上げている？

そう言って貰えると嬉しいです。

そのまま食べていると、インジャオさんが来た。

「アキミチ。アドル様が呼んでいるよ」

アドルさんが？　なんだろう？

腰を上げて向かおうとすると、俺の代わりにインジャオさんが腰を下ろし、ウルルさんの相手をする。

イチャイチャタイムかな？

「「「「ヒュー！　ヒュー！」」」」

インジャオさんとウルルさんが恋人関係だと知ったのか、竜たちが冷やかしている。

きっと番が居ないんだろう。

それは俺もだけど。

…………………。

「ヒュー！　ヒュー！」

竜たちに交ざって、俺も冷やかしておいた。

そんな俺と竜たちの目が合う。

……確かな絆が生まれた瞬間だった。

けれど、インジャオさんとウルルさんは、そんな俺たちの冷やかしを祝福されるように受け止めて、再びイチャつき始める。

「「「「「……チッ」」」」」

竜たちとの絆が更に深まった。

何やら悔しい気分を味わいつつ、アドルさんのところに向かう。

アドルさんは、ＤＤと話し合っていた。

「呼びました？　アドルさん」

「あぁ、すまんな。彼がアキミチ。先日、武技の神を解放した者です」

「なるほど。予言の神に選ばれた者の一人か」

そう言って、ＤＤがジッと見てくる。

俺も見返す。

「…………………」

「…………………」

「……………（モグモグ）」

あっ、この肉団子美味い。

あとでウルルさんにこのタレの作り方を教えて貰おう。

「竜を前にして普通に食事とは……度胸はあるようだ」

「いや、度胸というか、まずあっちで竜に慣れたし」

視線だけで五体の竜を示す。

「ご飯は温かい内に食べたいので。それに疲れているから、体が欲しているというか」

「……まぁ、確かに、食事類は一切任せてしまったからな。そこは感謝しよう」

「（モグモグ）……ごくん。とりあえず、これは行儀が悪かった。ごめんなさい」

「いや、気にするな。世話になったのはこちらだ。お前とあちらの女が裏で動いてくれたからこそ、久し振りに全力のダンスをする事が出来た。だからこそ、お前たちを私の友だと認め、その態度も許そう。これからも砕けた口調で構わんぞ。度量が小さいと思われるのは嫌だしな」

いや、そこまでは思わないけど。

「それに、ダンスを通じて、そちらの気持ちは届いた」

ＤＤが拳を前に突き出してくる。

……あぁ、これはもしかして、例のアレか？

俺、踊ってないけど良いのかな？

そんな事を思いつつ、料理を一旦横に置き、拳を軽く突き合わせて…………………からの動きには一切ついていけなかった。

拳を突き合わせてからあとの動きって、統一性がないよね？

上手く決まれば仲間内の挨拶って感じがするけど、今はまだ上手く出来ない。

ちゃんと手順を覚えておかないと。

なので教えて下さい、と言ってみると、アドルさんとＤＤが見事にやり通す。

……なんかちょっと疎外感。

頑張って覚えようと再確認。

頭の中で手順を追っていると、ＤＤが声をかけてくる。

「ところでアキミチよ。一つ聞きたい事がある」

「なんです？」

「異世界から召喚されたという事なら、異世界のダンスも知っているな？」

当然のように言われても困る。

いや、もちろん知識として色んなダンスがあるのは知っているけど、詳しくは知らないというか躍る事は出来ない。

つまり、教える事が難しい。

同時に、伝える事も難しい。

言葉を覚えただけじゃ、コミュニケーションも万全ではないという事か。

ただ、心当たりはある。

詩夕と常水なら可能だ。

前に文化祭の出し物の一つで踊っていたんだけど、確か色々調べていたし、実際のダンスも見事なモノだった。

様になっていたなぁ。うんうん。

だからＤＤが求めるモノを知っているのは間違いない。

でもなぁ、そういうのって、親友を売るみたいで気分が悪い。

そう気軽に教えても大丈夫なんだろうか？

《問題ありません。寧ろ、正直に伝える事を強く推奨します》

そうなの？

《はい。これは双方にとって、とても良い話ですので》

……導くスキルであるセミナスさんがそう言うのなら、ちょっと考えてみよう。

もし教えた場合、ＤＤたちは間違いなく詩夕と常水に興味を持ち、接触しようとする。

運良く捜し出して、それで詩夕と常水の性格を考えれば、多分ＤＤにダンスを教えると思う。

つまり、少しの間、行動を共にする事になる。

それって、知己を得るってヤツ？

この世界は竜のパワーがかなり強いようだし、ＤＤたちと知り合って親睦を深めるのは、きっと間違いじゃないはず。

それが何かの時、助けになるかもしれない。

……あれ？　もしかしてそういう事？

だからセミナスさんが推奨した？

《はい。概ねそういう事です。ですので、ここはなんの憂いも抱く必要はありません。スパッと言ってしまいましょう》

「何を黙っておる？」

「いや、別に黙っては……いや、違った」

「違った？」

「……いえ、なんでもない」

危なかった。

ＤＤに尋ねられているとは思わなかったから、つい。

確かに見た目は黙ったままだったな、俺。

《だからスパッと言ってしまえば良いと》

そういう事は早く言って！

セミナスさんにそう言うと、ＤＤが俺をジッと見ている事に気付く。

「えっとぉ……何か？」

「何やら、私にとってとても都合の良い情報を持っていそうに見えてきた」

はぅあっ！　鋭い、この竜！

ガシッ！　とＤＤに両肩を摑まれる。

しまった！　これじゃ逃げられない！

「時間はたっぷりとある。楽しい宴会の続きといこうではないか！」

くっ。そっちがそうくるのなら、俺だって望むところだ！

キリッとした表情を浮かべて、ＤＤを見る。

…………。

……………ゲロッた。

頑張ってはみたものの、セミナスさんから「教えない方が事態が悪くなります」と言われたのがトドメとなった。

「なるほど。アキミチは詳しく知らないが、シユウとツネミズという二人なら、詳しく知っているという事だな」

「うぅ……ごめんよ。でもこれが皆のためになるって」

汚された気分。

もし再会出来たら笑って許してくれるかもしれないけど、絶対謝ろう。

本当に大丈夫なんだよね？　セミナスさん。

《はい。もちろんです。マスターの意向に沿って私は行動していますので》

ははははっ！　嘘だ……ちょっと待って。

その言い方だと、まるで俺がそう指示しているように聞こえなくもないし、さらっと俺の責任にしようとしているよね？

《ご安心下さい。マスターを悲しませるような事はしません》

わかった。信じる。

《…………》

……………。

《…………え？　信じるのですか？　自分で言っておいてなんですが、普通は疑う場面であると推考出来ますけど》

いや正直に言って、顔とか見えないし、表情がわからないから判断し辛いけど……でも、嘘を吐いているようには聞こえなかったんだよね。

それに疑い続けるのも嫌だし。

だから、セミナスさんを信じる事にする。

《っ！　マスターへの好感度が大幅に上昇しました！》

それは上げなくても良いよ。

思わず苦笑が漏れた。

「一人でころころと表情が変わって…………大丈夫か？　こいつ」

「慣れれば気になりませんよ、ＤＤ殿」

「そういうモノか……。ところでアキミチよ。そのシユウとツネミズはどこに居るのだ？」

…………。

それは寧ろ俺が知りたい。

チラッとアドルさんを見るが、知らないと首を振られる。

「さぁ？　武技の神様からはまた会えると思うって言われたけど、どこに居るかは聞いていていない」

というか、聞けばよかったと今思う。

なんか勢いというか、疲れで頭が回っていなかったようだ。

それに、そもそもの話だけど、どこに居るかと聞かれても困る。

わかっているのかな？　俺、異世界出身。

しかも、これまで行った場所は、草原、森、黒い神殿、ここ、だけ。

《私が知っていますが？》

ほらね。セミナスさんが知っているって。

……知っているの？　皆の居場所を？

《はい》

どうして今までそれを黙っていたの？

《聞かれませんでしたので》

そうだよね。うん。確かに聞いていていない。

でも、今なら聞ける。

皆はどこに居るの？

《下大陸東部、ビットル王国の王都に居ます》

……そうきたかぁ。

王都とか、文明の響き。

俺も行きたい！

その……なんとか王国の王都に、俺も行きたいんですけど？

《マスターにはマスターにしか出来ない行動があります。そして、それがこの世界のために、マスターの友たちの助けになりますので、今向かうのはやめて下さい。再会の時は必ずきますので》

……俺はセミナスさんを信じると決めた。

だから、我慢する。

それで、この事はＤＤに言った方が良いの？

《そうですね。いずれバレる事ではありますが、今はまだやめておいた方が良いです。言うべきタイミングは別にあります》

という事らしいので、黙っておく。

「……とりあえず、世界中を飛び回って、人共が集まっているところで聞けば良いか」

ＤＤがそう結論を出した。

耳に届いたので、ちょっとその光景を想像。

……間違いなく大騒ぎだな。

しかも、洒落にならないレベルの。

……よし。俺は無関係だと言い張ろう。

実際、そう指示した訳じゃないから、俺のせいではない。

《安心して下さい。そうなりません》

ならないようだ。

ホッと安堵して、あとは雑談……では終わらず、DDのダンスレッスンを無理矢理受けさせられてから寝た。

4

翌日。起きてから出発の準備。

アドルさんが動かないので、インジャオさんとウルルさんと一緒にする。

といっても、不要な物を処分したり、アイテム袋の中に仕舞ったりと、そこまで大変ではないけど。

DDと竜たちの姿はなかった。

もう帰った……詩夕と常水を捜しに行ったのかもしれない。

挨拶くらいはして欲しかったな。

しかし、暢気(のんき)で居られるのも今だけだろう。

何しろ、これから向かうのは、空に浮かぶ雲よりも標高の高い山。

頂上が見えないけど、そこは気にしなくても良い。

別に頂上まで登る訳じゃないんだから……多分。

え？　登らないよね？

《登りません。いえ、そもそも、どこにも登りません》

いや、麓を通るとしても、多少なりとも登る必要はあると思うけど？

そう思っていると、再び頭上に黒い影。

ＤＤと竜たちだった。

そのまま俺たちの前に下りて、一言。

「ついでだ。お前たちの目的地まで乗せていってやろう」

そう言って、ＤＤが自分の背中を指し示す。

他の竜たちも同じように自分の背中を指し示して、漢の表情を浮かべている。

ウルルさんに向けて。

インジャオさんが居るって知っているのに……いや、違うな。

あの表情と行動……俺は理解した。

男性を乗せるより女性を乗せたいという心理に加え、これだけの人数が居るのに女性はウルルさんしか居ない。

つまり、ウルルさんを乗せた者は勝ち組、という事だ。

だから、自分に乗ってくれとウルルさんにアピールしているんだろう。

俺には関係ない話なので、ＤＤに話を振る。

「ついでって、なんの？」

「決まっているだろう！　シユウとツネミズを捜しに行くついでだ！」

だろうな、とは思っていた。

ＤＤの顔はやる気に満ち溢れているので、もうとめる事は出来ない。

まぁ、行かせた方が良いらしいけど。

それに乗せてくれるというのなら、正直言って助かります。

……あっ、もしかして、セミナスさんはこうなるとわかっていて？

《当然です》

どことなく誇らし気な感じの返答だった。

インジャオさんとウルルさんも、乗せてくれるという言葉に甘えましょうと異論はないようだ。

アドルさんはまだ動いていないけど……まぁ反対はしないと思う。

という訳で、途中だった準備を終わらせ、竜の背に乗って空を舞った。

「うおおおおぉぉぉっ！」

思わず叫んだ。それぐらいの絶景。

空の上から直に地上を見るって……なんか凄い。

やった事ないからわからないけど、パラシュートを使って下りる時って、こんな感じの風景が見えているのだろうか。

それにガッシリとした竜の体は、大きな背中で安定感と安心感がある。

竜って存在に、色んな人が惚れ込むのもわかるような……わかっちゃいけないような……。

……それにしても、乗って暫くしてから気付いた事がある。

「『ジースくん』。普通は風圧とか色々あると思うんだけど、なんで俺は普通に乗れているの？」

「俺が魔法でアキミチを守っているからだよ」

「そうなのか。とりあえず、ありがとう」

「いえいえ」

俺の問いに答えてくれた「ジースくん」とは、俺が今乗っている竜だ。

DD以外、五体の竜の中で一番気が合って仲良くなり、ダンスバトルを始める時に、細長い棒を叩いて合図を出していた竜である。

DDよりは小さいけど、他の竜たちよりは少し大きい。

そんなジースくんは、DDに次ぐダンスの腕前らしく、「次期エース」と他の竜たちが呼んでいたので、それを縮めて「ジースくん」と俺が呼ぶようになると、それがあっという間に定着した。

DDを抜いて「エース」になったら、「エースくん」と普通に呼ばれるのかな？

そう呟いた時、DDがもの凄い目でジースくんを睨んでいたのが思い出される。

そのDDの背にはアドルさんが乗っていて、エルフの森の場所を指し示しながら教えていた。

また、インジャオさんとウルルさんは、当初同じ竜の背に乗ろうとしたが、竜たちが激しく拒否。

ペッ！　と唾を吐いて、集団ボイコットをし始める。

ジースくんは早々に俺を乗せると宣言したので参加していない。

ただ、気持ちはわかると、ジースくんと一緒に頷いておいた。

自分の背の上でイチャつかれるとか……拷問過ぎる！

なので、インジャオさんとウルルさんは別々の竜に乗り、ウルルさんが乗った竜は上機嫌だ。

「ところで、ジースくんたちは竜の領域に入りそうなのを見張っていたと思うけど、それは良いの？」

「あぁ、それね。アキミチたちが寝ている間に竜王様から世界を回る許可を貰ったから大丈夫。もう代わりが行っていると思うよ」

あぁ、だから起きた時に姿がなかったのか。

それと、やっぱり居るのか……竜王。

もしかしてだけど……関わらないよね？

《……………》

セミナスさんの沈黙は怖いな。

果たしてまだ確定していないのか、それとももう確定しているのか……謎だ。

そんな事を考えている内に、ＤＤと竜たちが下降し始めた。

……もう着くのかな？

思っている以上にＤＤと竜たちの速度があるのか、エルフの森が近くにあったのか――。

《マスター！　その竜に今直ぐしがみ付いて下さい！》

「アキミチ！　しっかりと俺にしがみ付いて！」

言われるままに反応して、しがみ付く。

咄嗟の対応に定評ありだと自己評価。

瞬間、ぐるぐると世界が回る。

ジースくんが動きをとめれば、何か巨大な塊が横切っていくのが見えた。

「危ない危ない。ぶつかるところだった」

「何？　今の？」

「岩の塊かな？　狙ってって訳じゃなさそうだけど」

なんでそんなモノが？　……うぷっ。

ぐるぐる回って吐きそう。

三半規管、そんなに弱かったかな？

ジースくんが下を見ていたので、俺も見てみる。

もう山を抜けて森が広がり、その森の中にある開けた場所で、何やら戦っている二人が居た。

なんか変に窪んでいる場所があるし、そこに飛んできた岩の塊があったのかな？

ＤＤを先頭にして、竜たちはそこに向かって下降していった。

第五章　想定外はどこにだって存在する

1

ＤＤたちが森の中の開けた場所に下りると、そこに居た二人も戦いをやめて、こちらを見ていた。

シューッと、滑るようにジースくんの背を下りる。

二人を見ると、エルフだった。

長い耳だから……多分そう。

実際にあの長い耳を見て思うのは……どうなっているんだろう？　という疑問。

軟骨なのかな？　コリコリ？

いや、待って。

……耳掃除ってどうするんだろう？

いや、長い分、時間はかかるだろうけど、そうじゃなくて、膝枕で耳掃除をして貰う時の話。

そのままだと邪魔だろうし、くたっと折るのとか…………はっ！　まさか太ももの間に挟んじゃう？

もし俺がエルフだったら、絶対そうするな。

《さすがはマスター。業の懐が深そうですね》

なんか褒められている気がしない。

というか、業の懐が深そうって、まだ他にもあるように言うのは間違っていると思う。

《では、他は特にありませんか？》

……それはまぁ……う～ん、ないって言ったら嘘になるかもしれないけど。

《あるという事ですね？》

はい。

《正直で宜しい》

これも褒められている気はしない。

それでもわかる事は、二人のエルフは女性で美人だという事。

一人は、少しぼさぼさの金髪に、緑色の目、少々目付きが鋭く、軽装を身に纏っているが、筋肉質な体付きをしているのが見るだけでわかった。

腹筋とか、バッキバキに割れてそう。

一人は、長く整えられた金髪に、緑色の目、優しい目元に、もう一人と同じ形の軽装を身に纏っているが、まだまだ筋肉質じゃないというか、全体的に柔らかそう。

抱き心地が最高！　とか言われそう。

ただ、この二人には共通点が多い。

目付きの違いはあるが何となく顔立ちが似ているし、胸が小さくてお尻が大きいなど、特徴もどことなく似ている。

身長は、長く整えられた金髪の方が、頭一つ分高いけど。

だからだろうか、傍から見れば、双子か姉妹にしか見えない。

でも、こうしてここにエルフが居るという事は、セミナスさんが目的地と提示したエルフの森は、ここで良いのかな？

《はい》

それじゃあ、これからどうすれば？

どこに向かえば良い？

《マスターにはやって頂きたい事がありますので、暫くはここで過ごして頂きます。ただ、まだその条件が揃っていませんので、普段通りに過ごして下さい。その時が来ればお知らせします》

どうやら何かやるらしい。

どんな事をやるんだろうと考えたいが、今この場の空気がピリピリしていて集中出来ない。

何しろ、ＤＤとぼさぼさ金髪のエルフが、メンチを切り合っているから。

「矮小な存在よ。空は竜の領域と言っても良い。そこに岩を投げるとは、愚かな事をしたモノだ」

「はっ！　当たった訳じゃあるまいし、カリカリしてんじゃねぇよ！　竜だろうがなんだろうが、やるってんならやってやるよ！」

「あぁぁん？」

「おぉん？」

DDとぼさぼさ金髪のエルフの間で、バチバチと火花が散っていた。

竜を相手にして、一歩も引いていない。

アドルさんに、どうすれば？　と視線で確認。

わからない、と返される。

ジースくんにも視線で確認。

下がった方が良いよ、と返される。

あれ？　とめられない感じ？　と思っていると、森の中からエルフの集団が現れ、その先頭に立っているエルフの男性が大きな溜息を吐いた。

「はぁ～……竜を相手に喧嘩を売るとか、本当に勘弁して欲しい。私の胃を壊す気か？」

その言葉に、ぼさぼさ金髪のエルフがDDを睨みつけたまま反応する。

「うるせぇ、ラクロ！　たとえ竜だろうが引いたら負けだ！　引っ込んでろ！」

と言い返したが、整った髪のエルフがニッコリ笑みを浮かべながらぼさぼさ金髪のエルフを、ラクロと呼ばれたエルフの男性の下まで無理矢理引っ張っていった。

ここぞとばかりに、ジースくんを筆頭にした竜たちが、DDを宥めに向かう。

さて、俺はどうしようかな？　と思っていると、アドルさんたちが来る。

「……危なかったな。危うく戦いが始まるところだった」

「やっぱり」

「まぁ、あとはラクロが上手く場を治めてくれるだろう」

「それってあの男性エルフさんの事ですよね？　知り合いなんですか？」

「あぁ、昔からの知り合いだ。あっちの女性二人もな。インジャオとウルルも知っている」

そうなんですか？　と視線を向けると、そうだよ、とインジャオさんとウルルさんが頷く。

すると、その男性エルフが、ぼさぼさ金髪のエルフに色々尋ねる声が耳に届く。

「つまり、グロリアへの鍛錬に熱が入り、岩の塊を投げた、と？」

「いや～、あれ、前々から邪魔だったからさ」

「それをグロリアが避けると、空を飛んでいた竜たちに当たりかけた、と？」

「当たったら面白かったのにな」

「それで、竜たちが下りて来て怒り出した訳か」

「当たってないのに怒るとか、意味わからんよな」

「お前の方こそ意味がわからんわ！」

もの凄く怒られていた。

ただ、男性エルフさんが胃の辺りを押さえているので、キリキリしているのかもしれない。

それでも怒られているぼさぼさ金髪のエルフの方は、全然堪えていないというか、反省している素振りが一切見えなかった。

寧ろ、何をそんなに怒っているんだ、コイツは？　みたいな表情だ。

その光景を整った髪のエルフは、苦笑を浮かべて見ている。

まるで、やんちゃな妹を微笑ましく見ている姉のようだ。

「少しは反省しろ！　シャイン！　この大馬鹿者がっ！」

最後に大声の雷が落ちる。

それでもぼさぼさ金髪のエルフはなんでもないようだが、俺的にはちょっと待ったな感じ。

きっと、空から大地に下りて、気が抜けていたのだろう。

ＤＤやジースくんたちと仲良くなった事で、気が大きくなっていたのかもしれない。

「シャインって！　見た目的には合っているかもしれないけど、性格には合っていないよね！」

もっと似合いそうな名前が別に……あれ？　場がシーンとなっている。

視線でアドルさんたちを確認……傍に居ない。

いつの間にかちょっと離れたところに移動していて、無関係ですと空気になっている。

エルフ集団も同様の表情。

……いやいや待って待って……あれ？　俺、地雷的なモノを踏んだ？

ガシッと逃がさないように、俺の肩が摑まれる。

「私の名前に文句があるのか？　ん？」

ニッコニコの笑みを浮かべる、ぼさぼさ金髪のエルフに摑まれていた。

本能が逃げろと絶叫しているが、もう無理。

試しにグッと肩を動かそうとしたが、びくともしない。

「いや、その……ね？　あの……」

助けてくれそうな人たちに視線を向けるが、誰も俺と視線を合わせてくれない。

ぼさぼさ金髪のエルフを叱っていた男性エルフは――。

「久しいな、ラクロ」

「アドルか。確かに久し振りだ。インジャオとウルルも無事なようで何より」

アドルさんとハイタッチを交わして、インジャオさん、ウルルさんと共に雑談をし始めている。

ちょっと待って！　この状況見えているよね？

なんか全力で見ない振りをしているように見えるのは気のせいかな？

エルフ集団も同様で、もうこっちを気にしていない素振り。

ちょっ！　裏切られた！

あそこに裏切り者が居るから捕まえて！

こうなったら仕方ない。

独力ではどうしようもなさそうだから、ＤＤかジースくんたちに……駄目だ。

まだＤＤを全力で宥めている。

寧ろここでＤＤを投入するのは悪手だが、このままだと俺がヤバいのも事実。

解決策を練ろうとした時、整った髪のエルフが取りなしてくれた。

「落ち着いて下さい、お母様」

……くっ。駄目だ。我慢しろ。

本能が駄目だと告げているじゃないか。

《いいえ、そのような事は告げていません。寧ろ逆。言ってしまいなさい。さぁ、言うのです。心のままに》

セミナスさんは本能じゃないでしょ！

でも、許可が出ると緩んでしまうモノ。

さっきの今という事もあって、口が開くのをとめられなかった。

「姉妹じゃなくて母娘かよ！　しかも母親の方がちっちゃ」

「お前、中々面白い事を言うじゃないか？」

すみませんでしたー！

いや、ちゃんと口を開いて謝らないと。

「あっ、やっ、その、すみません！　ついぽろっと！　ありますよね、こういう事って！　だから暴力反対！　てか、ちょっとやる事があるから、死ぬのは不味いので出来ればギリギリ生かしておいて貰えると助かります！」

「へぇ、やる事がある、ね。何をやるつもりだ？　内容次第ではギリギリ生かしておいてやるよ」

「いや、その……神様解放を……実際もう一柱解放しましたし」

「……………へぇ～」

ぼさぼさ金髪のエルフが、肉食獣のような獰猛な笑みを浮かべる。

何となく、こう……面白い玩具を見つけた！　みたいな……。

整った髪のエルフは驚いた表情を浮かべている。

「詳しく教えて貰おうじゃないか」

逃がす気はさらさらないようだ。

何かロックオンされた気分。

「それじゃあ……えっと、掴んでいる肩を離してくれます？」

そう言うと、ぼさぼさ金髪のエルフが掴んでいた俺の肩から手を離す。

ふぅ～、全く……と服の埃を払うように叩いたあと、ダッシュ！

出来なかった。

数ミリは動けたと思うけど、ぼさぼさ金髪のエルフに再び肩が掴まれている。

「逃げられるとでも？」

「ですよね～」

観念した。

2

「さぁ、さっさと話せ！」

「……」

目を閉じて両手を上げる。

黙秘という抵抗を試みた。

「時間が経てば経つほど、私の中での期待値が上がっていくぞ」

「つまり、抵抗し続けたあとに話した内容が悪いと、その分の怒りが増すという事ですね？」

「わかっているじゃないか！」

ニヤァ……と獰猛な笑みを浮かべる、ぼさぼさ金髪のエルフ。

エマージェンシー！　エマージェンシー！

誰か助け……誰もこっちを見ていない。

整った髪のエルフも、ニコニコと笑みを浮かべているだけ。

さっきみたいに取りなしてくれても良いんだよ？

《話しても構いません》

え？　そうなの？

そういう事なら早く言ってよ。

《ですが一つだけ。私の事は言わないように》

という訳で、セミナスさんの事以外……具体的には異世界に来てから――。

「なんか長くなりそうだから、神を解放した辺りからでいい」

「……はい」

くっ……召喚された直後までしか言えなかった。

そのあと熊に襲われてから始まる俺の苦労話の大半が削除されたという事だ。

いや、逆に考えれば、その分早く話し終わる事になる。

そうして簡単に話し始め……ここに来るまでの事を聞き終えたぼさぼさ金髪のエルフは、拳を強く握った。

あれ？　もしかして殴られる？　なんで？

「『その光は宝光のように　その轟きは咆哮のように　その拳は砲口のように　武技の三　天咆』」

ぼさぼさ金髪のエルフは、そう言って拳を地面に打ち付けた。

瞬間、少し離れた森の中から、一筋の光が空に向かって飛び上がっていく。

「へぇ、本当に武技が放てるようになっているな」

楽しそうに、ぼさぼさ金髪のエルフが笑う。

これで武技を見るのは三度目。

やっぱり必殺技感が強くて良い。

俺もやりたい……出来ないけど。

ただ、ぼさぼさ金髪のエルフのこれまでの態度や行動、その笑みを見て確信した。

この女性、戦う事が大好きなんだと。

それでも言わずにはいられない。

今更というのもあって、下手に取り繕うのはやめた。

「あっぶな！　こわっ！　いきなり武技を放つなんて脳筋ですか？　脳筋なんですね」

「私を相手に中々愉快な事を言うな、んん？」

「いや、私を相手にとか言われても誰か知らないし！　そもそも、俺、異世界出身だから！」

「確かにそうだな。だがまぁ、私の事はあとで体にたっぷりと教えてやるよ」

そんな過激な……と思ったが、ちょっと待って。

それってもしかして……一戦やろうぜ？　的な事ですか？

そういう事ならお断りします。

「今は寧ろその態度が気に入った。私のお気に入りにしてやる。特別に、私の事を『シャイン』と呼んでも良いぞ」

「いえ、結構です」

即お断りの言葉を告げる。

ふぅ～……危ない危ない。

ここでそれを受諾すると、なし崩し的に関わる事になりそうだという予感がしたのだ。

だから断った事で回避。大丈夫。

「あっ？　私の申し出を断るのか？」

「はい。もちろんそう呼ばせて頂きます。シャインさん。いやぁ～、光栄だなぁ～」

危なかった。それと怖かった。

今は怖い顔から一転して、ニコニコと笑顔になるぼさぼさ金髪のエルフ――シャインさん。

そう呼ぶ事が正しい選択肢だったようだ。

やり直しが出来て良かった。

《……正解かどうかはわかりませんが》

セミナスさんが不穏な事を言う。

というか、確定していないの？

《未来は流動していますので、その時その時の行動次第で変化するのです。たとえ最初は小さな波紋でも、のちに大きな津波となる可能性があります》

……えっと、これも大きな津波に？

《今はゼロではない、としか言えません。申し訳ございません。予言しか能のない予言の神であれば可能かもしれませんが、私の今の力ではそこまで先の未来は見えません》

別にセミナスさんが謝る事ではないと思うけど、一つだけ気になるのは、セミナスさんの中で予言の神様の扱いが悪いような気がするんだけど？

《気のせいです》

気のせいかぁ～。

「さっきから一人で汗を拭いたり、間抜けな表情を浮かべたり、頭を傾けたりとどうした？　ここに来るまでの間に、何か悪いモノでも食ったのか？」

「いえ、気にしないで下さい」

シャインさんが、残念な人を見るようなジト目で俺を見ていた。

とりあえず、平然とセミナスさんと話せるように頑張ろう。

無意識だから無理かもしれないけど。

「とりあえず、グロリアを紹介しておく。私の娘だ」

「あぁ、大人っぽい方ね」

「ふんっ！」

「危険な予感で緊急回避！」

咄嗟にしゃがむ。

後頭部にシャインさんの拳が当たる。痛い。

「下手に避けるからだ」

「……くっ。身長差を考慮していなかった。縦ではなく横に避けるべきだった」

危険な予感で緊急回避！

今度は横に転がるように避ける。

「ほう。今度は避けたか。避けた事に免じて許してやる。だが、次に身長の事に触れたら……」

「はっ！　かしこまりました！」

敬礼して答える。

そんな俺とシャインさんの様子を見て、整った髪のエルフがクスクスと笑っていた。

「ふふふ。すみません。お母様はこういう人なので色々とご迷惑をかけるかもしれませんが、末永く宜しくお願いしますね」

ちょっと待って。

末永くってどういう事？

明らかに言う必要はないよね？

疑問に思うが、そこを深く追及するのはやめた方が良いと本能が訴えてきているので……やめた。

とりあえず、整った髪のエルフと挨拶。

あっ、どうも、アキミチですぅ～。

さっきからちょいちょい名前は出ていましたけど、グロリアさんですね。了解。

あと、シャインさんの娘であると。重要。

そのあと、シャインさんとグロリアさんを連れて、アドルさんたちのところに向かう。

どうやら知り合いらしい。

シャインさんとグロリアさんは久し振りだと挨拶をしているが、アドルさんの笑みは引き攣り、インジャオさんとウルルさんは関わらないように空気に……というか、アドルさんを盾にするような位置に居る。

もしかして苦手……いや、そんな事はない。気のせいだ。

アドルさんたちとシャインさんたちの間にある思い出は、きっと良い思い出のはず。

《そう思う事で、積極的に巻き込ませようとしていますね？　マスター》

言い当てるのはやめ……違う。

なんの事かさっぱりわかりません。

セミナスさんの追及をかわしていると、ＤＤを先頭にジースくんたちが俺のところに来た。

「ではな、アキミチ」

「あっ、漸く冷静に……いえ、なんでもないです。もう行くんですか？」

「一刻も早くシユウとツネミズを見つけたいからな」

ＤＤの言葉に、ジースくんたちも頷いている。

そんなにまで異世界のダンスに興味があるんだろうか？

いや、あるから捜しに行くのか。

ここまで仲良くなって、もう居なくなってしまうのは少し寂しいけど、竜と行動を共にすると色々面倒な事になりそうだから、笑顔で送り出そう。

詩夕と常水というか、親友たちの方は……まぁ、きっと上手くやってくれるはず。

「それじゃあ、空も飛べたし、皆さんのおかげで楽しかったです」

「あぁ、こちらも良いダンスが出来た。良い働きであったと労ってやろう」

「アキミチ、必ずまた会おう！」

「「「またな！　友よ！」」」

「あぁ、またどこかで会える日を願って《行かせてはなりません。止めて下さい》行かせない！」

セミナスさんがそう言うので、ＤＤの足にしがみついてとめる。

ＤＤが困惑しながら尋ねてきた。

「どうしたのだ？　行かせないとはどういう事だ？」

「え？　いや、それは……どういう事でしょう？」

それは俺も知りたい。

どういう事？　セミナスさん。

《まだ竜たちがここを離れるタイミングではありません。どうにか引きとめて下さい》

…………え？　引き止めるの？

そう聞いて思い出されるのは、ＤＤとシャインさんがいがみ合っている光景。

どう考えても険悪な雰囲気になりそうなんですけど？

それにどう引きとめろと？

《流れのまま、マスターにお任せするのが吉と出ました》

丸投げされたっ！

というか、それ占い！

「なるほど。わかったぞ。もう一度私のダンスが見たいのだな？」

なんかＤＤが勝手に結論を出してくれた。

それじゃないけど……いや、待てよ。

ピンッ！　と閃く。

「それだ！」

「そうだろう、そうだろう」

「いや、そうじゃなくて」

「ん？　違うのか？」

ＤＤが一瞬でキレそうになったので、慌てて否定する。

「違わないけど違うというか、良い事を思い付いた！」

「ほぅ、どんな事だ？」

「興行です！」

「……コウギョウ？」

「詳しい事は省いて凄く簡単に言えば、ここでダンスをすれば、エルフたちの間にもその文化が生まれるかもしれないという事です！」

「……同志が出来るのは喜ばしいが、今は新しいダンスの方に」

「それにも関係あります！　文化が生まれるという事は、そこから新しい何かが生まれる可能性も秘めているんです！　だから、詩夕や常水、俺たちの世界にない新しいダンスが生まれ」

「それは良い！　うむうむ。つまり、私がこの世界でのダンスの伝道竜になるという訳だな」

ＤＤが満足そうに何度も頷く。

可能性の話って理解しているかは怪しいけど……まぁ良いか。

こうして、ＤＤとジースくんたちも残る事になった。

3

セミナスさんに聞くと、数日間はこのエルフの森に居て欲しいそうだ。

……その数日間に何かあるのだろうか？

いや、別に居るのは良いのだが、問題はご飯と寝泊まりだ。

自給自足の野宿かな？

まぁ、こっちに来てからずっとそうなので、別に構わないんだけど。

そう思っていたけど違った。

アドルさんの知り合いの男性エルフ「ラクロ」さんの一存で、近くにある村で俺たちを受け入れてくれる事になったのだ。

えっと……もしかしたら権力者？

と思っていたら、アドルさんが教えてくれた。

ラクロさんは、この森の中にいくつもあるエルフの村を束ねている「大村長」という立場だそうだ。国で言うなら、国王。

「跪いた方が良いですか？」

ラクロさん本人に確認。

「シャインのお気に入りを跪かせるのは怖いな」

そこで判断されても困る。

どうせなら、アドルさんの友達だから、がよかった。

それと、俺がシャインさんに気に入られた事を知っているって事は、聞き耳を立てて関わらないようにしていたって事だよね？

その事について聞こうとしたら――。

「さぁ、いつまでもここで話していても仕方ないから、村まで案内しよう」

率先して村までの案内を始めた。

察知されたのかもしれない。

でも機を逃したのは確かなので、大人しく付いていい……あはは。なんでシャインさんは俺の肩を摑むのかな？

「よかったな、アキミチ。私たちの家もそこにあるから、寝泊まり場所を捜す必要はないぞ。安心しろ。旦那は先の大戦で死んじまったし、今は私とグロリアしか居ないから部屋は余っているぞ。好きに使え」

ありがとう。その気持ちは嬉しいです。

旦那さんの話題は……触れないでおこう。

でも俺はアドルさん一行の一員なので、寝泊まりする場所はアドルさんたちと一緒じゃないと。

そうだよね？　とアドルさんたちに視線を向ける。

誰もこっちを見ていなかった。

「ラクロ。私たちの寝泊まりは」

「安心しろ、アドル。私の家がそこにあるから、インジャオとウルルも共に寝泊まりすれば良い。それぐらいの広さはある」

「助かる」

「「ありがとうございます」」

「気にするな」

ラクロさんがそう言ったあと、ＤＤとジースくんたちに視線を向ける。

「もちろん、ＤＤ殿たちが寝泊まり出来る場所も、相応のモノをご用意させて頂きます」

「良い心掛けだ」

「「「「お世話になりまーす！」」」」

あの、ここにもそこに泊まりたい人が居ますけど！

手を上げてアピールしようとしたら、その手がシャインさんの手に摑まれていた。

まさか、動きを読まれた？

このままでは不味いと、俺はお断りを入れる。

「いえ、さすがに女性しか居ない家に男性一人というのはちょっと……」

「問題ねぇよ。こっちから襲う事はあっても、アキミチに襲う度胸はねぇだろ」

「いやいや、俺だって男性だよ？」

「だから問題ねぇって。もし襲いかかって来たら、返り討ちにしてやるから」

安心できる要素が一つも見当たらない。

俺は助けを求めるようにグロリアさんを見る。

「大丈夫ですよ。これでもアキミチさんくらいなら、簡単に取り押さえられますから」

うぅん。そういう事を知りたかった訳じゃないから。

やはり母娘という事か。

誰も助けてくれないために、俺はそのままシャインさん宅に連行されていった。

……お世話になります。

連れて行かれた先にあったのは、本当に村だった。

森に囲まれ、木材で出来た棘付き壁と、深い堀で村が守られている。

中に入ると、家屋は木造建築の一階建てが多い。

森を切り開いたのか、元々そうだったのかはわからないが、陽の光が降り注ぐ場所に畑がある。

水路もきちんと巡らされているようで……一見すると田舎の長閑（のどか）な村でなんか落ち着く。

思い返してみれば、異世界に来て初めて文明らしい部分に触れた訳だから、もっとテンションが上がるかと思っていた。

この風景のおかげかな？

それとも、シャインさんの方のインパクトが強過ぎたせい？

それにしても、見かける住民は当然エルフばかりなので大人から子供まで美男美女ばかりだが、年老いたエルフが……見当たらない。

普通は居そうなのに。

《マスターも知っての通り、大魔王軍を押し返す大きな戦がありました。その前にも大きな戦があり、それで多くの者が亡くなったのです》

なるほど。その時に、か。

シャインさんの旦那さんも、前の戦でって言っていたし。

　そこら辺には無遠慮に触れないようにしないとな、と思っていると、シャインさんが声をかけてきた。

「何神妙な顔をして……あぁ、なるほど。私にどう夜這いをかけるか考えていたんだな」

「はぁ？　そんな訳あるか！」

「私に魅力がないって言いたいのか？」

「もっと大人になってから出直してこい！」

「私はもう大人だ！　一児の母だしな！」

「はっ！　見えねぇよ！」

　村に着くまでにも散々絡まれたので、シャインさんに対して遠慮がなくなった。

　距離が近くなっている……訳じゃない事を願う。

　ちなみに、アドルさんたちはラクロさんの案内でさっさと村の奥に行ってしまった。

　この生贄にされた感……絶対忘れない。

　いつかどこかで仕返しをしてやる。

　真正面から挑んで勝てるとは思えないので、何かしら裏をかかないと無理だな。

　策を練っていると、シャインさん宅に着く。

　その家は、他のエルフの家よりも大きかった。倍くらい。

「……普通にでかいですね」

「ふふん！　そうだろう！　なんといっても、私はエルフ一の強戦士だからな」

「あぁ、狂戦士。納得」

「…………」

「…………」

「お前、絶対違う事を考えただろ！」

「いやいやいやいや、ちゃんと言葉通りの意味で考えましたって！」

「それじゃあ、どんな意味だ？」

「狂う、ですよね？」

言った瞬間、シャインさんから拳が放たれたので、横っ飛びでギリギリ回避。

「あっぶなっ！」

「……へぇ、殺さないように手加減しているとはいえ、もう避けるようになったのか」

にやぁ〜、とシャインさんが凶悪な笑みを浮かべる。

「なるほど。狂うではなく、凶悪の凶の方だったか」

グロリアさんがとめに来るまで、シャインさんと追いかけっこ。

もう少しで体力の限界だったから、もうちょっと早くとめに来て欲しかった。

グロリアさんが遅れた事には理由がある。

俺とシャインさんが追いかけっこをしている間に、食事の用意をしてくれていたのだ。

まずはシャインさん宅に入る。

お邪魔しま〜す。

玄関の直ぐ横がキッチンでリビング。
キッチンには簡易的なコンロがいくつか置かれ、流し場と大きな箱？
……これも簡易的な作りだけど、冷蔵庫だった。
回復薬といい、なんかこの世界……進んでいるモノは進んでいるな。
リビングには大きなテーブルと椅子。テレビはさすがにない。
テーブルの上には既に料理が並べられ、パンに野菜に肉。
野菜が多いけど肉は厚みがあって、用意されている中で一枚は特に分厚い。
シャインさん用だと思う。
その分厚い肉の前にシャインさんが座るので、予想通り。
グロリアさんはシャインさんの隣に座り、俺はシャインさんの対面に座る。
いただきます。
……普通に美味しい。
調味料もきちんと使われているし、何より野菜が凄く美味しい。
特産品と言われても納得するレベルだ。
バクバク食べていると、同じくバクバク食べているシャインさんが声をかけてきた。
「アキミチは、アレだな……避けるのは上手いが、攻撃は、下手くそだな」
「あぁ、それ、アドルさんたちも、言ってた……攻撃向けの、才能が、全くないって」
「確か、に、その通りだ、な」

「もう、二人共、食べながら喋らないで下さい！　行儀が悪いですよ！」

グロリアさんに叱られたので、俺とシャインさんはそのまま黙々とバクバク食べ続けた。

「「…………」」

……やっぱ、母娘逆じゃない？

そう思ったのが読まれたのか、シャインさんにギロッと睨まれる。

いや、違う。あの目は、叱られたのは俺のせいだって言いたい目だ。

だから俺も、目線でいやいやシャインさんのせいでしょ？　と返す。

互いに視線で責任のなすりつけ合い。

「……何やら視線が煩いですが、どうかしましたか？」

グロリアさんはニッコリ笑顔なのだが、不思議な迫力があった。

大人しく食べる事にする。

食後。

洋式の水洗トイレが普通にあった事に喜ぶ。

それとお風呂も普通にあった。

思わず、「イェアッ！」と叫んで拳を握り、心からの喜びを表現。

「……えぇと、どこの家にもあると思いますけど？」

グロリアさんが苦笑しながら言う。

でもわかって欲しい。

この世界に来てからここまで、野宿生活だったのだから。

体を綺麗にはしているけど、やっぱりお風呂を利用するのは気持ち的に違うのだ。

お風呂は場所と使い方を確認だけして、今はシャインさんが入浴中。

…………うーん。さっぱり何もする気が起きない。

ここで詩夕や常水が居れば馬鹿な事を……いや、やっぱやらないな。

グロリアさんだったら真剣に考えたけど。

そのグロリアさんが淹れてくれたお茶を飲みながらお風呂が空くのを待っていると、洗い物を終えたグロリアさんが近くに座り、俺に向かって頭を下げた。

「ありがとうございます、アキミチさん」

「え？　何が？」

「あんなにはしゃぐお母様を見るのは久し振りで。それが嬉しくて」

「え？　いつもあんな感じなんじゃ……」

「違います。父が亡くなってから、自分に厳しく、私にも厳しくなりました。……私が戦いで命を落とさないように。まぁ、そのおかげで、私もかなり強くなりましたが」

グロリアさんが恥ずかしそうに笑みを浮かべる。

多分……というか、感覚的だけど俺よりグロリアさんの方が圧倒的に強いと思う。

そのグロリアさんは、思い返すように遠くに視線を向ける。

「……でも、母の笑顔を見る機会は減りました。それが少し寂しくて。……そんな母を元に戻してくれたのが、アキミチさんです」

「ええっ！　いやいや、俺は特に何もしてないよ？　もう遠慮しない態度を取っているし」

「ふふっ。それで良いんですよ」

「え？　どういう事？」

「外見は全然違うんですけど、口調とか雰囲気が、どこか父に似ているんです。それに、初対面で名前を弄るくだりは、母から聞いた父と出会った時の話とよく似ています」

そうだったのか。

どう答えたモノかと思っていると、グロリアさんが悪戯っぽい笑みを浮かべて俺を見る。

「ふふ。アキミチさんじゃなく、パパって呼びましょうか？」

「勘弁して下さい」

即座にお断り。

そのままグロリアさんと雑談を交わしていると、寝間着なのかタンクトップとショートパンツ姿のシャインさんが、タオルで髪を拭きながら現れる。

「あ〜、さっぱりした。ふっふ〜ん、どうだ？　湯上りの私は魅力的だろう？」

言ってから即座にダッシュ。

「はっはっはっ！　もっと成長してからそういう事を言え」

再び追い回される。

汗を流すからと、もう一度シャインさんがお風呂に入り、俺がお風呂に入る事が出来たのは、夜遅くになってからだ。

……あー。なんか生き返る感じ。

肩まで湯に浸かっているだけなのに、どうしてこんなに気持ち良いんだろうか。

もっと堪能したいが湯当たりしてしまうので、ほどほどでやめておく。

冷えていく体も気持ち良い。

このままだと風邪を引くので、早々にタオルで体を拭く。

俺用に用意された部屋に、これといったモノはない。

でも大切なモノがある。

異世界に来てからやっと……ベッドで眠れる！

凄く嬉しい！

…………………久々のベッドに興奮して、中々眠れなかった。

……いつの間にか寝ていたようだが、何やら本能が叫んでいる。

「ハッ！　殺気！」

一気に目を覚ますと同時に、ゴロゴロと転がって回避行動を取る。

そのままベッドの上から落ちて頭を打った。

痛がっていると、声がかけられる。

「寝起きで今のを避けるとは。昨日からの動きから判断すると、察知する感覚が良いようだな」

視線を向ければ、俺が寝ていたベッドの上で仁王立ちしているシャインさんが、ニィ～ッと笑みを浮かべる。

恰好は昨日見たタンクトップとショートパンツ姿。

ただ、片足が俺の寝ていた場所に置かれている。

具体的な場所は、股間部分。

避けなければ確実に踏まれていたな。

「…………」

人によってはご褒美だと思う。

駄目だ。寝起きだからか頭が上手く働かない。

「ん？　私の足をジッと見てどうし……ははぁん。私のこの生足に欲情した訳か」

「起きていても寝言って言えるんだな」

早朝マラソンは気持ち良かった。

なんというか、心身共に健康になりそうな感覚。

うしろから怖いのが追いかけてきているので、少しも休めないのが難点だけど。

というか、走りながらだけど疑問がある。

多分……というか感覚的だけど、俺よりシャインさんの方が強いのは確かなのに、どうして追い付かれていないんだろう？

《あえて捕まえず泳がせて、獲物が弱るのを待っているのです》

なるほど。

……獲物は俺か！

チラッとうしろのシャインさんを確認。

その通りだとでも言うように、獰猛な肉食獣のような笑みを俺に見せてくる。

「キャー！　襲われるぅー！」

「なんだ？　そっちが良いならそうしてやるぞ！」

駄目だ。通用しない。

しかも村の人たちは微笑ましそうに見ているだけ。

体力が尽きると同時に足がもつれてこけて捕まった。

スパンッ！　と軽く頭をしばかれ、シャインさんに引き摺られながらシャインさん宅に戻る。

朝食時。

汗だくでボロボロの疲労困憊の俺は、グロリアさんから差し出されたスポーツ飲料っぽい飲み物を飲みながら愚痴る。

「なん、で……朝っぱらから……こんな激し、い運動をしなきゃ、いけないんだ……はぁ～」

「こんなに楽しそうなお母様は久し振りで嬉しいです」

味方が居ない。

渡された飲み物も、労わりじゃなくて、もっと頑張って下さいと伝えられているような気がした。

シャインさんは、同じ速度で同じ距離を走ったのに涼しい顔で、朝食をモリモリ食べている。

「あぁ、それとアキミチ」

「なんですか？」

「アドルたちと話を付けておいた」

「……なんの話を？」

「この村に居る間は、私がアキミチを鍛えてやる」

「いえ、結構です」

……あれ？　もしかしてだけど、俺、シャインさんに売られた？

「断れると思っているのか？　話は付いていると言っただろう？」

「ですよね」

というか、俺もアドルさんたちとちょっとお話したい気分。

「アキミチは獣人ほどではないが感覚が鋭い事以外はまだまだ。ある程度は鍛えられたようだが、私からするとそこら辺のとそう変わらないし、特に攻撃が全く駄目なのは致命的だな。まずはもっと体力を付けろ。簡単にやられない事を優先して、回避や防御の技術を磨け。相手を疲れさせる事が出来れば逃走も可能だし、取れる選択肢も増える」

いきなり分析された。

さすがと言うべきか、間違っていないと思う。

でも……。

「それなら別にシャインさんが俺を鍛えなくても。それこそ、アドルさんたちに」

「それだと私がつまらん」

自分に正直なんですね。

だと思いました。

「大丈夫ですよ。私も一緒に頑張りますから」

そう言って、グロリアさんはニッコリと笑みを浮かべる。

ただその笑みから、お母様のために逃がしません、と言われているような気がした。

…………。

とりあえず、スポーツ飲料っぽいのを一気に飲み干し、一息吐く。

…………。

コキコキと軽く柔軟をして、体の調子を整える。

…………。

ダッ！　と玄関に行くと見せかけて、窓から脱出――――！

しようとすると、ふにゅっと柔らかいモノにぶつかった。

「逃げられると思ったのか？」

「ですよね～」

シャインさんに捕まり、そのまま鍛錬が始められた。

4

シャインさんが俺に課した鍛錬は、主にマラソンと組手だった。

マラソンの時は、延々とエルフの村の周囲を走る。

村から離れ過ぎると魔物が出るそうなので、注意しておかないといけない。

セミナスさんからも、離れ過ぎないようにと注意を受けていた。

走っている間、シャインさんはグロリアさんを鍛えている。

……ふむ。ちょっとくらい休んでも、というか少しペースを下げて――。

「今、もう少しゆっくり走ろうかな？　とか考えたな？」

いつの間にかシャインさんが隣を走っていた。

「いや……そんな事はないですけど……あれ？　グロリアさんの鍛錬は？」

「グロリアは私が居なくても真面目に鍛錬をするからな」

「いやいや、それは俺もですよ」

「本当か？　休んでもバレないとか、少しも考えなかったのか？」

「……………」

「……………」

ダッシュ！

追い回された。

何度か同じ事を繰り返し、余計に疲れるだけだと理解したので、大人しく同じペースを維持しようと思う。

組手の時は、基本的に俺は攻撃しない。

相手はもちろんシャインさん。

シャインさんから繰り出される攻撃を、延々と回避したり防いだりし続けるだけ。

これに意味はあるのだろうか？　と思うのだが、なんでも俺のスキル「回避防御術」の習熟を更に高めるためらしい。

シャインさん曰く、スキルは才能の確認。そのスキルがあるという事は、その才能があるという事でもあり、今は対応する神様が封印されているので補正はかからないが、鍛えれば充分伸びる、という事だそうだ。

「なるほど。言いたい事はわかりました。なので、俺からも一つ言わせて下さい」

「なんだ？」

「もっと手加減して！」

「私がそんな事をすると思っているのか？」

「思いません！」

「わかっているじゃないか！」

しこたまボコられて、何度も気絶した。

打たれ強くはなった気がする。

グロリアさんとも戦わされた。

「あの、グロリアさん……念のために聞きますけど……わかっていますよね？」

「はい。もちろん」

シャインさんと同じようにボコられた。

わかっていなかった。

グロリアさんは弓矢を使うようで、さすがに矢は先端を柔らかい布の塊に替えられていたけど、勢いというモノがある。

当たると普通に痛い。

しかも、避けても当たる。避けても当たる。避けても当たる。

物陰に隠れても当たる。

お尻に当たった時も痛かった。

地面に倒れても、トドメとばかりに射られる。

俺は地面に倒れたまま聞く。

「……グロリアさんも手加減してくれないんですか？」

「お母様の娘ですので。それに、手加減では鍛錬になりませんから」

そんな事はないと思います。

でも、繰り返していれば慣れるモノ。

数日後。シャインさんとの鍛錬に慣れ始めた頃。

いつものようにエルフの村の周囲を走っていると、アドルさんとラクロさんが現れて、俺を挟むように一緒になって追走してきた。

「……何か？」

「いや、ほら、元気でやっているだろうか？　とな」

「そうそう。様子を見に来た訳だよ。この村の生活はどうだね？」

「まぁ……ぼちぼち」

アドルさんとラクロさんが申し訳なさそうな表情を浮かべる。

俺にシャインさんを押し付けた事を気にしているのかもしれない。

アドルさんが頬を掻きながら言う。

「そういえば、インジャオとウルルから伝言を預かっている」

「伝言？」

そういえば、あれから二人の姿を見かけていない。

アドルさんは時折遠目に見つけていたけど。

「危険な予感がするので退避する、と」

「……どういう事？」

「ここだけの話だが……」

アドルさんがこそっと耳打ちしてくる。

なんでも、ＤＤとのダンスバトルによって、インジャオさんの骨密度が低下してしまったために、現在補給中らしい。

……どうやって補給するんだろう？

一部が硬質化しているから、それを促進させるのかな？

また、ＤＤが実際に興行中なので、それに巻き込まれないための対策との事。

そんなに骨密度が危ないのかな？

でも、インジャオさんは全身骨だし、折れると大変だろうから避難も納得出来る。

つまり、インジャオさんとウルルさんには正当な理由がある訳だ。

では、ここに居る二人は……。

そこである事を思い出し、俺は足をとめた。

アドルさんとラクロさんも足をとめたので、俺は時間稼ぎを行う。

「そういえば一つ確認したいんですけど、アドルさんたちもシャインさんの事を知っているんですか？」

「あぁ、知っている。大魔王軍を上大陸に押し返した時に知り合ったのだ。その前からその名は聞いていたがな。凄腕のエルフが居る、と。実際、本気のシャインは今の比ではない」

「エルフで一番なのは間違いないが、この世界の中でも指折りの実力者だろう」

ラクロさんがそう補足してくれる。

世界基準での強者とか……やっぱりという感想しかない。

「でも、良い人ですよ。シャインさんって」

「いやいやいや！　それは間違えている、アキミチ！　正気に戻れ！　シャインは我が強く、無茶な事も平気でやらせようとしてくるぞ！　面構えが気に食わない、と殴りかかって来てもおかしくない」

「アドルの言う通りだ。エルフの代表として同意する。シャインの基本戦術は真正面からの実力行使。ただぶん殴って前に進んでいくだけ。怪我していようが血が流れていようが、構わず笑顔で戦いに赴く」

「なるほど。二人のシャインさんを見る目がどのようなのか、よくわかりました。そういえば、話は変わって二人に伝え忘れている事があるんです」

「……危険な予感」

「俺が速度を下げたり足をとめたりすると、何故かシャインさんが察知して現れるんですよね」

「…………」

アドルさんとラクロさんが、視線で俺に確認を求めてくる。

もしかして、うしろに居る？　と。

俺は正直に頷いた。

「いやいや、アドルとラクロが私をどう見ているのかよくわかった。ちょっと向こうで話そうか」

逃がさない、とアドルさんとラクロさんの肩を、ガッシリと掴むシャインさん。

いや、掴むというよりは食い込んでいるような……。

大丈夫。俺は何も見ていない。

「違う違う！　今のは違う！　言わされたのだ！」

「嵌められた！　そう、私たちはそう言うように仕向けられたのだ！」

二人は必死に弁明するが、シャインさんはそのまま森の方にずるずると連れていく。

ちょっとした意趣返しのつもりだったけど……うん。頑張って下さい。

敬礼をして見送る。

サボっていると判断されると俺も同じ目に遭いかねないので、再び走り出した。


シャインさんとの鍛錬の日々を過ごす中、俺はこの状況をどう受け入れれば良いのだろうと悩む。

きっかけは、この村に着いた翌日の朝の出来事。

ジースくんたちが奏でる軽快な音楽が、村の中に響く。

若干朝の音楽には相応しくないと思うが気にしない。

相手は竜。誰も文句は言えない。

ただジースくんたちも気遣ってくれたのか、騒音というまではなかった。

時間帯も村の人たちがもう起きている頃だったというのもある。

当然、ジースくんたちが音楽を奏でるのには理由があった。

村の中央の広場のど真ん中。

そこで音楽に合わせてＤＤがダンスをしていた。

最初踊っていたのはＤＤだけ。

でも日が経つごとに男女年齢問わず、村の人たちが増えていく。

最初は誰もが思い思いに踊っていた。

けれど、日が経つごとにみるみる上手くなっていく。

この世界の人たちの身体能力はどうなっているんだろう？

エルフだけなのかな？

いや、アドルさんとインジャオさんのダンスも見事だったし、基本的に高いのは確実か。

それに、リズム感も最初は怪しかったが、これも日が経つごとに合っていく。

俺は出来ない事がわかっているので、観客として見るだけ。

そして数日も経てば……早朝に一糸乱れぬ見事な集団ダンスを披露するようになっていた。

その中にはアドルさんだけじゃなく、シャインさんやグロリアさんも交ざっている。

ダンスをしている間だけは、仲良しに見えるな。

だって、ＤＤとシャインさんにはソロパートがあるし。

インジャオさんとウルルさんの姿は見えないので、まだ療養中のようだ。

綺麗に踊り終われば、互いのダンスを称えるように拳をぶつけ合い、畑を見に行く者や、森に狩りに行く者に、家事に戻る者など、普段の行動へと移っていく。

集団ダンスをしてから、一日が始まっていた。

「いや～、普段使っていない筋肉も使うから、体に良いな」

「楽しく一日を始められますね」

「彼女に恰好良いところを見せる事が出来ました！」

エルフたちからの感想を、一部抜粋。

………………。

竜たちを引き止めるためだったとはいえ、興行は大成功だな。

でも、なんか巻き込んだようで、エルフたちに対して申し訳ない気持ちになる。

それともう一つ。

確かに俺は率先して観客になった。

それは間違いない。

だからこそ、声を大にして言いたい。

「朝はゆっくりと寝ていたいから、わざわざ見せるために起こさないで」

「観客は居た方が、皆の力が入るからな」

「良いから起きて見ろ。今日のソロパートは昨日よりもキレが増しているぞ」

こういう時もＤＤとシャインさんは仲が良かった。

第六章　選択肢が一つしかない時だってある

1

エルフの村で過ごすようになり、早朝集団ダンスを見せるためだけに無理矢理起こされるようになってから……数日後。

シャインさん宅のリビングで昼食を頂きながら、ラクロさんから教えられた。

一昨日、俺は鍛錬中だったので見ていないが、ここから東にある「ビットル王国」という国の兵士たちが来たそうだ。

兵士たちは目的を済ませて、もう帰っている。

その目的は、シャインさん。

「指南役をお願い出来ないか？　だそうだ」

「シャインさんに？」

「無茶な、と思っていそうだが、シャインが適任の一人なのは間違っていない。スキルに対する造詣も深く、戦闘経験も豊富だからな。その経験を語るだけでも充分な教えになる」

「でも……シャインさんですよ？」

「ははは。言いたい事は理解出来るが、そもそもこれは向こうからの要望だ。なんでも特定のスキル持ちを探しているそうで、シャインがここに居た事を喜んでいた。……帰る頃には肩を落としていたが、諦めてはいないだろうからまた来ると思う」

……なんだろう。

シャインさんなら断るだろうな、と俺も思った。

国だろうがなんだろうが、そんなのは関係ないって言う人だもんね。

ラクロさんの言葉に、シャインさんも答える。

「また来るとか面倒だよな。なんで私が、はいわかりましたと応じなきゃいけないんだ。誰を鍛えるかは私が決める。気に入ったヤツしか相手にしたくないな」

「だが、ビットル王国はここから最も近い国だ。それなりの友好は築いておくべきだと思うが？」

ラクロさんの問いに、シャインさんは、うえっと舌を出す。

というか……あれ？

ビットル王国って、どこかで聞いた覚えが……。

「そんなの知るか。私は私のやりたいようにやる」

どこで聞いたんだっけ……。

「だがな、今は形ばかりとはいえ、エルフ種族も『ＥＢ同盟』に加盟している。多少なりとも協力はするべきだろう？」

「そういうのは色んな国に居るエルフが上手くやっているだろ。私はそういう煩わしいのはどうでもいい。関わろうとも思わないな」

どこで聞いたかは思い出せないけど、シャインさんはそういうの関係なく断る時は断るよね、とうんうんと頷く。

すると、そんな俺の姿を見たシャインさんが嬉しそうに笑みを浮かべた。

「何やらその通りだと、私の事を知ったように頷いているな、アキミチ。なんなら、今日は一緒に寝るか？　体の方も知る事が出来るかもしれないぞ」

「それはアレでしょ？　寝ている間に蹴飛ばされたり、関節極められたりするんでしょ？　断る」

「寝相は良い方だぞ」

今極められた。

直ぐ解放されたが、関節を解しながらラクロさんに尋ねる。

「それにしても、指南役を求めるなんて何かあったんですかね？」

「何事もなかったかのように話し始める姿に戦慄を覚えるが……そういえば、アドルから聞いたが、アキミチは異世界から来たのだったな。現在、こちら側の情勢としては、下大陸西部にある『軍事国ネス』が上大陸に向けて進攻中。対して、大魔王軍は東部から侵攻しているのだが、それを防いでいるのがビットル王国だ」

「それって……かなり重要な位置付けの国ですよね？」

「この世界における、三大国の一つに数えられている」

「そんな大きな国の指南役を断った、と」

「そういう事」

そんな国とかでも関係ないと断るからこそ、シャインさんだと俺は思う。

……毒されている感があるな。

ラクロさんは、諦めきれないようでシャインさんに再び声をかける。

「また来ると思うから、その時は受けてくれないか？　ビットル王国が落ちるとこの森も危ない」

「はっ！　やだね。家があるし森は守ってやる。だが、他のところは知らん」

「……はぁ」

これは困った、とラクロさんが大きく溜息を吐き、俺を見てくる。

いや、俺に助けを求められても困るんだけど。

どうにか出来るとでも？

ただ、疑問はある。

「ラクロさん、一つ聞いても？」

「何を？　答えられる事なら答えよう」

「そもそも、どうして指南役を求めるんですか？　聞けば、かなり大きな国って事ですよね？　別に外から呼ばなくても、向こうから来ると思うんですけど？　それに指南役が出来そうなくらい強い人も多く居るんじゃ？」

「それはもちろん居るし、強さに自信のある者も来るだろう。でも今回の件はそれでは駄目なようだ。来た兵士たちから聞いた話によると、予言の神に選ばれた、この世界を救う勇者たちが召喚されたそうだ。その勇者たちのスキルに合わせた指南役を捜している、との事だ。恐らく、求めているのはシャインだけではないだろう」

「つまり、その勇者たちを鍛えるために？」

「そういう事だ」

……ん？　あれ？　今の話……何か引っかかる。

でも何かに引っかかっているのはさっきからだ。

一体何に……。

《時が来たようです》

セミナスさん？

時が来たって……て、あああぁぁぁっ！

セミナスさんが教えてくれた、親友たちの居場所！

それに召喚された勇者たちって！

つまり、親友たちが強くなるために、シャインさんが必要って事か！

《はい。その通りです。マスターの友人たちはスキルを得ましたが、与えられた力という事もあって、まだ十全に使いこなす事が出来ていません。大魔王、魔王に対抗するためにはマスターの友人たちの力が必要であるため、更に強くなって頂く必要があります》

それでシャインさんが必要だと？

《正確には、その一人です。マスターの友人たちが得たスキルは人数分、多岐に渡りますので。一人では到底補う事は出来ません》
なるほど。そういう事か。
……セミナスさん。一つ聞いても良い？
《はい。なんなりと。なんでも答えます》
親友たちのスキルは……俺みたいに頑張って？
《いえ、世界を越えた事によるスキルです》
おっと！
ん～、あれあれ？　おかしいな。
俺も世界を越えたんだけど……何もなかったよ？
《既に過ぎた事。気にする必要はありません。そもそも、マスターには私という最高最善最良最愛のスキルがありますので》
ん？　なんか最後のおかしかったような。
《たかが普通のスキルなど必要ありません。『勇者』スキルですら、私の前では霞むでしょう》
おぉ、もの凄い自信だ。
《それだけのスキルであると自負していますので》
なんだろう。
こうじゃないとセミナスさんじゃない、みたいな感覚だ。

まぁでも、セミナスさんの言う通り、もう過ぎた事。

俺の苦労は、親友たちと再会した時に語ってやろう。

それで、親友たちのところにシャインさんを向かわせないといけないのか。

《はい》

そういう事なら、もっと早く行って貰えばよかったんじゃ？

《通常の手段で行って貰えるとでも？》

いや、それは無理でしょ？

だって、シャインさんだよ？

現に今、その通常の手段は断っているし。

《……何やらそこの狂暴エルフを理解しているようで……わかっていましたが、嫉妬の炎！》

いや、嫉妬と言われても。

それに、セミナスさんの事もそれなりに理解していると思うけど？

《そうですね。いずれもっと理解させてあげましょう》

ブルッと寒気がした。

なんか怖いので話題を元に戻す。

それでえっと、なんだっけ……そうそう。通常の手段で無理なら、どうやってシャインさんに行って貰えば良いの？

《そこでマスターの出番です。数日前では無理でした。共に過ごす事で親睦を重ねた今の状態のマ

スターが挑むからこそ意味があるのです》

確かに、初対面の頃だと何を言っても駄目だ……ちょっと待って。

今、挑むって言った？

《はい》

という事はもしかしてだけど……俺がシャインさんとやり合うって事？

《はい》

…………………。

……………その前に確認。

「シャインさん」

「なんだ？」

「ビットル王国に行きましょう」

「いやだ。面倒臭い。強くなりたいなら自分たちでどうにかしろ。他人を当てにするな」

うん。無理。

やっぱり、セミナスさんの言うように挑むしかないのか。

……本当にそれしかないの？

というか、そもそも手も足も出ないと思うけど？

《安心して下さい。マスターには私が付いています。そもそも、このために私の存在を告げないようにお願いしたのですから》

まるで、セミナスさんの存在がわかっていたら、どうしようもなかったように聞こえる。

《もしわかっていた場合、極悪難易度になっていたとだけ言っておきましょう》

そこまでなのか。

つまり、チャンスは今しかない、と。

本当に勝算はあるんだよね？

《はい。寧ろ、勝負の方は直ぐ終わります》

直ぐ終わるなら良いか……勝負は？

他に直ぐ終わらないのがあるのだろうか？　と疑問に思いつつ、俺は大きく呼吸をして、覚悟を固める。

「なら、俺と勝負しませんか？　俺が勝ったら、行って下さい」

「へぇ、アキミチから挑まれるとは思わなかったな。どうしてそこまで……あぁ、アキミチも異世界から召喚されたんだったな。勇者たちは知り合いか？」

「親友だ」

「そういう事か。なら、その勝負受けてやろう。何か勝算があるようだが、それがなんなのかを知りたい欲求が出てきた」

本当に楽しそうに、シャインさんが笑みを浮かべる。

ラクロさんは、早まってはいけないよ……と、俺の肩に手を置き、優しい目で見てくる。

そういう目で見られると後悔しそうだから、やめて欲しい。

……なんかちょっと不安になってきたから、回復薬とか用意しておいた方が良いんじゃないかと思えてくる。
オレンジ味が何本か残っていたはずだから、アイテム袋を持っているウルルさんを捜して――。
《必要ありません》
大丈夫っぽい。

2

翌日の昼頃、俺はシャインさんにずるずると引き摺られていた。

「あの～、シャインさん」

「ん？　なんだ？」

「なんで俺を引き摺っているの？」

「逃げないようにだ」

「……目的地は？」

「鍛錬場だ。私と一戦するんだろ」

「……えっと、昨日の今日で？」

「寧ろ待った方だ」

ですよね。

そのまま引き摺られていくと、鍛錬場の端の方でアドルさん、ラクロさんの他に、ＤＤとジースくんたち、グロリアさんも居て騒いでいる。

大量の飲食物を用意していて、さながら宴会のようだ。

もしかして、俺とシャインさんの一戦を酒の肴にして盛り上がるつもりなのかな？

その集団にジト目を向けつつ、鍛錬場の中央でシャインさんと対峙した。

ただ、一瞬で終わってはつまらないと、シャインさんからある提案をされる。

「なんだったら、そこら辺のに協力を求めても良いぞ」

「じゃあ、アド」

「ふぅ……陽の光が……」

アドルさんがそう言ってへたり込む。

いや、克服しているし、日中行動も普通にしているよね？

でも、協力はしてくれなそう。

なら次として……インジャオさんとウルルさんは避難中で居ないから……。

「なら、ラク」

「大丈夫か！　アドルゥ！」

巻き舌気味に叫びながら、ラクロさんはアドルさんの介抱に向かった。

いや、ついさっきまで、へたり込むアドルさんを指差して笑っていたよね？

ならＤＤかジースくんたち……は駄目だ。

さすがにそれはちょっと……と思う選択になってしまう。

となると、残るはグロリアさんだが……これも駄目だ。

視線を向ければ、応援しています、と手を振り返されるだけ。

「……いや、俺だけで」

「一対一で私にどう対抗するのか楽しみだ」

シャインさんが楽しそうに笑みを浮かべる。

正確には、俺だけじゃなく、セミナスさんが居るんだけどね。

《はい。お任せ下さい。そして、勝利のためには、あと一つ条件をクリアしなければいけません。

それはある条件を提示して認めさせる事です》

……ある条件？

セミナスさんにそこを詳しく聞いてから、シャインさんに言う。

「えっと、このままやり合うと一瞬で終わると思うので、俺からも一つ条件を言っても良いですか？」

「なんだ？」

「普通に勝つのは絶対無理なので、シャインさんを地面に倒す事が出来たら俺の勝ち、という事にしませんか？」

「構わないぞ。そうした方がもしかしたらという緊張感が出る。より全力を出せるというモノだ」

「……ちなみに手加減は？」

「たとえ模擬戦だろうが、戦いにおいて私が手加減をする事はない」

うん。そんな感じだよね、シャインさんは。

でも条件は認めたから、これで勝てるんだよね？

《はい。マスターが私の指示通りに恐れず動けば》

よし、やるぞ！　と気合を入れる。

すると、シャインさんが足元にある石を取って俺に見せる。

「投げた石が地面に落ちたら開始だ」

そのままシャインさんが、ひょいっと石を投げた。

ちょっ！　もうワンクッション欲しかったんだけど！

《構え、前傾姿勢》

あっ、はい。

セミナスさんの言う通りに構えて前傾姿勢。

《目を閉じて》

はい……え？　閉じちゃったけど、駄目じゃない？　これ。

シャインさんの行動が何も見えないけど。

《現在のマスターでは動きを目視する事は出来ません。寧ろ、見えている方が余計な情報となって動きが鈍ります》

セミナスさんがそう言った瞬間、何かが落ちる音が聞こえた。

《頭から斜め後方へ捻るように倒れて下さい、今！》

言う通りに体を動かすと、目の前を風が通り過ぎたような感覚が。

《右手を握る！》

ギュッと握ろうとすると、何かを摑んだ。

《決して放してはいけません》

言われるままに精一杯摑むが、なんか勢いがあるので体ごと引っ張られる。

《体重をかけて倒れて下さい》

グッと力を込めて倒れる。

目を閉じていたのでタイミングが摑めず、顔を強く打ち付けた。

「ぐべっ！」

「ふぎゃっ！」

……何か俺のと一緒に変な声が聞こえた。

左手で顔を撫でつつ目を開けると、視界に映ったのは衣服に包まれた、形が好みの丸いお尻。

…………えっと、拝めば良いのかな？

そのお尻と繫がっている片方の足を、俺が摑んでいた。

手を放して立ち上がり、改めて確認してみる。

「…………………」

シャインさんだった。

……えっと、シャインさんを地面に倒しているから……俺の勝ちで良いのかな？

ちょっと信じられない。

アドルさんたちの方へ視線を向けると、全員が信じられないとばかりに目を大きく見開いていた。

いや、ＤＤだけはめっちゃ笑っている。

あとでシャインさんに怒られるよ、それ。

というか、これ、どういう事？

《開始と同時にエルフが真っ直ぐに突っ込んで来ましたので、マスターが後方に倒れ込みながら回避。エルフがそのまま通り過ぎようとした際、マスターの右手とエルフの足部がぶつかりそうになったので、そのまま摑みます。エルフの速度とマスターの倒れる勢いを利用して、倒れて貰いました。まさか摑まれたのか、という一瞬の思考の隙と、バランスを崩した事により、エルフは地面に倒れたのです》

……な、なるほど？　そういう事か。

セミナスさんが起こった事を説明してくれたけど、ちょっと信じられない。

でも、確かな現実としてシャインさんは地面に倒れている。

《『未来予測』によりますと、マスターが目を開けていた場合、反応が遅れて失敗していました。初見でのみ意表を突けて成功する方法であり、これで決めきれていなかった場合は、勝ち筋を見つけられません》

もうね、なんというか、セミナスさん凄いとしか言えない。

わかっていれば何かしらの対抗策があるのかもしれないけど、初見殺しなのは確実だろう。

でも、勝ちは勝ち。

親友たちの助けになるのなら、これで良いのだ。

《まぁ、これからが大変なのですが》

……えっと、どういう事？　セミナスさん。

《直ぐにわかります》

どうなるんだろうと思っていると、アドルさんたちから、おぉー……と拍手が送られた。

ありがとう、ありがとう、と手を上げて応える。

なんか気持ち良いよね。拍手を送られるって。

シャインさんががばっと起きた。

俺はがばっと構えを取る。

「はっはっはっはっはっ！」

シャインさんが豪快に笑い出したので、どこかで頭でもぶつけたのか心配になる。

あっ！　ついさっきか。

俺が足を摑んだせいで、頭から落ちたんだっけ？

……んー、あれ？　もしかして殺される？　とこれから起こる惨劇を思い浮かべていると、シャインさんは笑いながら近付き、俺の肩をバンバンと叩く。

「いや～、油断したつもりはなかったが、まさか地面に叩き付けられるとは。アキミチは自らが提示した勝利条件を満たした。私の負けだ」

「と、いう事は？」

「約束通り、ビットル王国へ行ってやる」

「ありがとうございます！」

シャインさんに向けて頭を下げる。

これで親友たちも更に強くなって、生存率も上がるに違いない。

やった！　やったよ！　と心の中で大喜びし、頭を上げよう……あれ？　上がらない。

両肩に手を置かれ、グッと押さえ込まれていた。

「素直に驚きだ。普通に考えれば、今のアキミチが私に勝つ事は不可能という判断は間違っていない。なのに、それを覆したんだ」

「は、はぁ……」

どうしよう。危険な予感。

「つまり、アキミチには私が知らない、この戦力差を覆す何かがあるという事になるよな？」

いやまぁ……覆った、というよりは……その、誘導して嵌めた、初見殺しっぽい何かのような……気がしないでもないような……。

頭の中で、どう言うべきか考えるが、シャインさんは既に答えが出ているようだ。

「たとえば、そう……私の行動を予め知る事が出来る、『予知』みたいなスキルとか。これまで出会った事がなかったんだよな、そういうスキル持ちに」

だらだらと汗が止まらない。

もし俺に「危機感知」みたいなスキルがあるのなら、全力で警報が鳴っている事だろう。

実際、本能は早期撤退を望んでいる。

しかし、逃げ出そうにも押さえ付けられているため無理。

退路は断たれた。

「持っているんだろ？」

シャインさんから向けられているだろう視線を、サッと顔ごと逸らす。

そんな俺の視線の先では、グロリアさんが「あっ、そろそろ洗濯物を」と言いながら小走りで居なくなり、ラクロさんとアドルさんが「これから家で宴会の続きでもどうだ？」「良いね」とジェスチャーで会話し、ＤＤとジースくんたちはダンスの練習を始めようとしている。

待って！　行かないで！

置いてかないで！　俺を戦いに飢えた肉食獣の前に置いていかないで！

「正直に言ってみな、ん？」

「……ま、まぁ、似たようなのなら」

「やっぱりな」

そう言うと、シャインさんが押さえ付けていた手を放したので、俺は頭を上げる。

こ、腰が……。

トントンと腰を叩いていると、シャインさんは晴れやかな満足そうな笑みを浮かべていた。

「じゃ、私もそういうスキル持ちとの戦いをもっと経験しておきたいし、もう一戦な！」

「……え？」

「ばんばん攻撃するから回避しろ！　私はそれでも当ててやる！」

「……は？」

「あぁ、安心しろ。さっきの勝負をなかった事にはしないから。ちゃんとビットル王国に行って、勇者たちを鍛えてやるよ！」

「……あざっす」

「ただ、その前に……な」

シャインさんが凶悪な笑みを浮かべ、視線を俺にロックオン。

強くなる事に貪欲ですね、シャインさん。

「………………ちきしょー！」

《ファイト！》

くそー！　大変ってこれの事か！

《考えている暇はありません。左、いえ右後方へ回避後、頭を下げて更に後方へ跳んで下さい！》

到底逃げ切れる訳もなく、体力が尽きると同時にボコられ、シャインさんが満足するまで付き合わされた。

いくらセミナスさんが優れていようとも、本体である俺がちゃんと動かないと意味がない、という事が骨身に染みた。

エピローグ

1

夕食後、どこかツヤツヤしているシャインさんが笑みを浮かべながら言う。

「それじゃ、二、三日で準備をして、ビットル王国に向かうか」

「宜しくお願いします！」

「それで、グロリアはどうする？　一緒に来るか？　充分鍛えて一人前と言っても良いから、ここに残っても良いし、どこか別のところに向かっても良い。自分で決めろ」

「…………」

グロリアさんは答えない。

そう簡単に決められるような事ではない、という事だろう。

それと、どことなく嬉しそうだ。

多分だけど、シャインさんから一人前と言われた事が嬉しいんだと思う。

《もっともらしい理由を告げて、色気エルフをそこの狂暴エルフと共に行かせて下さい》

えっと……色気エルフって、もしかしてグロリアさんの事？

《はい。他に居ますか？》

いや、他に居るか居ないかで問われたら、ここに居るエルフはシャインさんとグロリアさんしか居ないから、さすがにシャインさんを「色気エルフ」とは言えない。

「何か失礼な事を考えていないか？」

「いえ、別に」

即否定。

シャインさんの反応が鋭くなっているような気がする。

それで、グロリアさんも一緒に行かせた方が良いの？

《はい。そうすれば、のちのち感謝されるでしょう》

か、感謝？

全く意味はわからないけど、セミナスさんがそう言うという事は、何かしら重要な事だと思う。

ちなみに、何が起こるか教えては？

《あとのお楽しみです》

いけずっ！

という訳で、適当な理由を言ってみる。

「グロリアさん。シャインさんと一緒に行ってみてはどうですか？　やっぱり、まだ戦争中ですし、色んなところに危機があると思うんです。二人一緒の方が様々な対応が取れて、柔軟に行動出来るんじゃないかと」

「そうですね……アキミチさんの言う通りかもしれません。せめてこの戦争が終わるまでは、母と行動を共にした方が良いと、私も思います。それで良いですか？」

グロリアさんの問いに、シャインさんはぶすっとつまらなそうな表情を浮かべる。

「…………」

「言い方が違いましたね。私も一緒に行きます」

「それで良い。一人前と認めたんだから、自分の行動は自分で決め、きちんと責任を取れ」

「はい」

シャインさんとグロリアさんが、共に満足そうな笑みを浮かべた。

そのまま俺に視線を向ける。

「それで、アキミチはどうするんだ？」

「え？　俺？」

なんで俺？　…………あっ、そうか。そうかそうか。

居場所がわかったんだから、このまま一緒に向かえば親友たちに会えるんだ！

アドルさんたちは一緒に行ってくれるだろうし、詩夕と常水に会えるんだからＤＤとジースくんたちも来る上、そこにシャインさんとグロリアさんも加わると……鉄壁の布陣じゃない？

何が襲いかかって来ても、簡単に撃退出来るのは間違いない。

となると、答えは決まっている。

《マスターと吸血鬼たちには、これから行って貰いたい場所があります。それはビットル王国ではありません》

そう来ると思っていた！

でもほら、ちょっとくらいなら神様たちも待ってくれるんじゃない？

大丈夫！　神様解放は忘れていないから！

《私に決定権はありません。決めるのはマスターです》

じゃあ、ちょっ――

《補足情報ですが、この選択によって、ある一国の命運が……いえ、この世界全体の命運が一気に決まる可能性があります》

とだけ行こうと思ったけど、やっぱり今会うのは中途半端というか、どっちにもまだまだ課題があるというか、問題が山積みだしな、うんうん。

大丈夫。俺、我慢出来る。

うぅ……。

「すみません。他にも行かないといけない場所があって」

「そういや、神共を解放していかないといけないんだったな」

え？　忘れていたの？　結構重要な事だと思うんだけど？

「なら、ここでお別れだな。だがまぁ、生きてりゃまた会えるだろ。いや、死んだら殺しに行ってやる」

「ははは」

笑いしか出て来ない。

本当にそうしに来そうで怖い。

「お母様のためにも生きて下さいね」

グロリアさんが真剣な表情で言ってくる。

いや、それを真剣に言われても……。

そこでシャインさんが、何かを思い付いたかのように指をパチンと鳴らす。

「そうだ。ついでだし、手紙でも届けてやろうか?」

「是非にっ!」

即跪いた。

「面白いぐらいに反応したな」

そう言ったシャインさんが、グロリアさんに言ってペンと紙を持ってこさせる。

手紙か……武技の神様の時にもそれをお願いすればよかったと思う。

いや、あの時にペンと紙は持っていなかったから無理か。

グロリアさんがペンと紙を持ってきてくれたので、早速手紙を書く。

…………何も思い付かない。

あれ? これまでの状況とか、色々と伝えなきゃいけない事はあるんだけど、上手く文章で言い表せないというか、綺麗に纏まらないという感じ。

……いや、これはアレだな。

手紙では書ききれないくらい壮大な冒険だったたって事だ。

そういう事にしておこう。

それともう一つわかった事は、俺に文才はない。

思い返せば、小学生の頃に日記を書こうとして、次の日にはもう忘れてしまっていた。

思い出しても、纏めて書けば良いと思って結局書かないで終わる。

……この手紙で全てを伝えようとするのは止めておこう。

とりあえず、俺がこの世界に来た時の事と、頑張って生きている事に加えて、一緒に居るアドルさんたちの事と、ＤＤとジースくんたち、シャインさんとグロリアさんの事を簡単に書いて、あとは激励の言葉くらいで……。

…………よし、これで良いや。

シンプル・イズ・ベスト！

満足した俺は手紙を封筒に……封筒がない！

え？　素のままで渡すの、これ？

それはなんか恥ずかしいし、誰が見るかもわからない。

そもそも、親友たちは勇者として王国に居るのだから……検閲が入るのが普通か？

…………一気に恥ずかしくなってきた。

両手で顔を覆って、指の隙間からチラッと手紙を確認する。

そこで気付く。

日本語で書いているな、これ。

この世界で親友たち以外には読めないね、これ。

大丈夫だと頷くと、グロリアさんが手を叩く。

「あっ、封筒を忘れていました。それに糊も」

「そういうのは早く思い出してよ！」

書き上げた手紙を、グロリアさんから受け取った封筒に入れて糊付けしようとすると、セミナスさんから声がかかった。

《これであとは、竜たちです》

そう言うって事は、もう伝えても構わないって事？

《はい。もう引き止めておく必要はありません。ですので、狂暴エルフと色気エルフの足として使います。竜たちに乗せていって貰うよう説得をお願いします》

……説得。出来るかな？

《問題ありません。竜たちが欲する情報を伝える際に、そのままお願いすれば良いだけですので》

あっ、そういう事ね。了解。

シャインさんとグロリアさんに、移動は竜だよ、と伝えたが何故か信じてくれなかった。

2

シャインさんとグロリアさんの準備が終わり、ビットル王国に向かう日の朝。

ＤＤとジースくんたちには既に話を通しているので問題ない。

詩夕と常水がビットル王国に居る事を伝えると、二つ返事で了承。

元々知っていたのではないか？　という疑惑には、ビットル王国から来た兵士たちの話で知った、と誤魔化しておく。

シャインさんとグロリアさんも一緒に連れていってくれるそうだ。

その事を伝えると、シャインさんとグロリアさんは凄く驚いていた。

まぁ、普通はありえない事だよね。

そして、村の広場に多くのエルフたちが見送りに集まる。

シャインさんとグロリアさんに挨拶する人たちの割合は、意外と半々。

その様子を見ながら、俺は隣に立つアドルさんに声をかける。

「シャインさんって、思っていた以上に人気者だったんですね」

「そうだな。信じられない事に。だが、私がこれまで見た中でも最強のエルフだからな。憧憬を抱いている者が多いのは間違いない」

「……………ど、憧憬？」

「真実として受け止めろ。実際、なんだかんだと慕われているのだ……アレで……アレで？」

アドルさんは、自分からそう言い出しておきながら、あれ？　間違った事は言っていないはず……と困惑していた。

このままだと自己不信に陥りそうに見えたので、別の話題を口にする。

「そういえば、エルフ最強ってわりには、シャインさんが弓を使っているところを見た事ないような……この世界のエルフは弓が得意じゃないとか？」

「いや、普通にそこいらのヤツ等よりも圧倒的に上手い。ただ、シャインの場合は、拳の方が性に合っているそうだ。別に不得意という訳ではなく、超一流の腕前なのだが……恐らく、弓術よりも拳術の方が習熟度合いは上だ」

シャインさんらしいと苦笑。

アドルさんと雑談を交わしていると、シャインさんとグロリアさんがこちらにやって来る。

「またな、アキミチ」

「お世話になりました、シャインさん」

シャインさんと握手を交わし、グロリアさんの方へ挨拶しようとするとアドルさんが少し驚く。

「それだけ？　随分と仲良くしていたように見えたが……実際は違うのか？」

「「いや、また会いそうだから、この場は別に良いかな、と」」

全く同じ事を言い、俺とシャインさんは顔を見合わせて大きく笑い、ハイタッチを交わす。

エルフの中で誰と一番仲が良いかと問われたら、間違いなくシャインさんだろう。

うんうん。もちろんグロリアさんとの仲も良好です。

「それじゃ、グロリアさん。お元気で。また必ず会いましょう」

「ふふ。やっぱりお母様とアキミチさんとの相性は抜群ですね。はい。是非とも、また会って下さい」

グロリアさんと握手を交わしていると、シャインさんが俺とアドルさんの後ろを不思議そうに見ながら尋ねる。

「アキミチとアドルたちも旅立つのか？」

その言葉が示すように、俺とアドルさんのうしろには、インジャオさんとウルルさんが戻って来たら、アイテム袋に仕舞って貰うつもりの荷物が置かれている。

「見送ったあと、直ぐに」

「まぁ、助けが欲しけりゃ、いつでも呼べ」

シャインさんに背中を叩かれる。

激励のつもりだろうけど普通に痛い。

「え？　シャインさんが普通に励ますとか怖いんですけど？」

シャインさんは、あとで覚えていろよ！　とでも言うように俺を指差してくる。

すると、ＤＤとジースくんたちが空から舞い降りて来た。

「ではな、二人共」

「アキミチ。また会おうな！」

ＤＤとジースくんを筆頭にして、他の竜たちとも挨拶を交わしていく。

それと、ＤＤには念押し。

「詩夕と常水……親友たちの事、くれぐれも宜しくお願いします」

「任せておけ！　異世界のダンスを習わないといけないからな。私が守ってやろう」

そう言いつつ、ＤＤは見るからにそわそわしていた。

待ちきれないんだろうなぁ。

それか、竜でも緊張するのかもしれない。

再会した時、詩夕と常水が師匠になっていたりして。

ジースくんとは最後にハイタッチ……ちょっと待って。

今の状態でやると俺が危険だから、ちゃんと手加減してね。

……それでも痛かった。

ただ、すんなりと終わりではない。

他の竜たちが、何故かグロリアさんの前で横一列に整列し、自分の背中を見せ付けている。

乗ってくかい？　……と自分の背を指差して、漢の顔を浮かべていた。

シャインさんじゃなく、グロリアさんを選ぶあたり、危機回避能力はありそうだ。

シャインさんを乗せた場合、「飛ばせ！　もっと飛ばせ！　風だ！　嵐だ！　その身を一体化しろ！」とか無茶な要求をされそうだし。

そのシャインさんは、既にＤＤの背に乗っていた。

行動が速い！

すると、グロリアさんも。

「やっぱり、私もお母様と一緒に乗りたいのですが、駄目でしょうか？」

「特別に乗せてやる。早くしろ」

ＤＤが急かして自分の背に乗せる。

背中を見せていた竜たちは、肩を落として大きく消沈していた。

……………う、うん。

俺は音楽をやっている時の君たちは格好良いと思うよ、うん。

ファイト！　と心の中だけで応援しておく。

そうしている間にＤＤが先行して空へと上がり、ジースくん、竜たちと続いていく。

ＤＤの背からシャインさんとグロリアさんが、こちらに向けて手を振っているのが見えたので、こちらも振り返す。

姿が見えなくなるまで続けた。


いつか親友たちと再会出来るその時まで、俺も頑張ろうと思う。

書き下ろし1　異世界だから大丈夫とか、そんな事は決してない

黒い神殿から神様を解放して、俺は「セミナス」さんというスキルを手に入れた。

考えている以上に優秀なスキルなんだと思う。

《その通りです》

妙に自信満々だけど。

《正当に正確に自己判断した上で、最優秀だと結論を出しました》

間違った。相当な自信満々だ。

でも、間違っていないと思う。

実際、それだけの力を宿していると思うから。

そのセミナスさんから、大陸中央の竜の領域を抜けてエルフの森に向かえと言われたので移動開始した日の翌日。

森の中の開けた場所で、俺は一人で立たされていた。

後方を振り返れば、木陰からアドルさんたちがこちらを覗き見ていて、俺に向けて激励の応援を送っている。

一方、前を向けば、俺と対峙するように魔物が居た。

「ギチィ」

大サイズのトノサマバッタ。

「頑張って！　アキミチ！　ミノタウロスを倒せたのだから勝てるはず！」

インジャオさんから応援の言葉が送られる。

こうなった原因は、このインジャオさん。

昨日の夕食時、「ミノタウロスを倒した事は喜ばしいですが、自分の目の前で魔物を倒す姿を見た事がない」と言い、アドルさんが「なら見てみるか」と言った事がきっかけ。

それは別に良い。

実際、インジャオさんとのこれまでの鍛錬の中で、俺が魔物を倒した事は一切なかった。

でも昨日の今日でやる？

なんとなくだけど、まだ体が重いというか、疲れが抜け切っていない感じなんだけど。

というか、普通に無理だと思う。

何しろ、俺がミノタウロスを倒せたのは、入念な準備と作戦があったからこそだ。

疲れ以外はほとんどノーマル状態の俺が一人で魔物を倒せるとは……ちょっと考えられない。

《問題ありません》

いやいや、問題だらけだと思うんだけど？　セミナスさん。

《マスターが想定している全ての問題は、私にとって問題ではありません。全てお任せ下さい。も

し問題があるとすれば、マスターが私を信じて全てを委ねてくれるかどうかです》
……全てを？
《はい。具体的には、私の指示通りに動いてくれるかどうかです》
たとえば、こっちに避けろとか、そこを攻撃しろとか？
《はい。概ねその通りです》
概ね？　……他に何があるの？
《それは——右に横っ飛び》
ほわぁっ！
両手を上げて横っ飛び。
すると、俺が居た場所にバッタの魔物が襲いかかって来ていた。
危なかった。セーフ。
《まだです。その場でブリッジ》
ブリッジ！　すると、細い何かが俺の上半身があった場所を貫いていく。
《触角です。鋭い刺突を繰り出してきました》
冷静な意見！　でもありがとう！
そのあとも、セミナスさんの指示通り動き、バッタの魔物の攻撃を次々かわし続けていく。
アドルさんたちの様子をチラッと確認出来るが、手伝う気はないようだ。
その代わり、飲食をし始めている。

見世物感覚か！　こっちは必死なのに！

でも、いざ俺が危ない時は一瞬で駆けつける事が出来るんだと思う。

《恐らくそうでしょうが、今は目の前の相手に注意して下さい。今のマスターの耐久力では、一撃食らうだけでも危険ですので》

くっ、紙装甲だとでも言うのか。

実際、そうだろうけど。

それで、ここからどう勝つつもりなの？

《手段としてはミノタウロスの時と基本は変わりません。攻撃を避け続け、相手が疲れるのを待ってから攻勢に移ります》

でも、それって体力的な問題が。

《問題ありません。マスターの体力も私が管理していますので、そこは上手く調整しています。先に体力が尽きるのはあちらで――未来が変化しました！　マスター！　直ぐに距離を取って下さい》

切羽詰まった感じのセミナスさんの指示通りに、バッタの魔物から距離を取る。

アドルさんたちも雰囲気を感じ取ったのか、どうした？　とでも言うように注意を向けてきた。

すると、バッタの魔物が光り出す。

その光が筋となって奔流となり、バッタの魔物を包み込むと、そのまま空に向かって立ち昇って消えていく。

そして光が全て消えたあとに残ったのは、人の形をした何か。

正確には、スラッとしているがどことなく筋肉質な体付きに、なんか表面が硬そうなスーツを着た、バッタの頭部をもじったヘルメットを被っているような感じ。

……えっと、どっかで見た事あるようなデザインだな。

日曜の朝とかに。

《どうやら、進化したようですね》

進化？　進化なの？

それで片付けて良いの？

《具体的な名称を指し示した訳ではありませんし、どこにも問題はないと思いますが？》

いや、そうかもしれないけど。

《どうやら、あれは魔物の中でも特殊個体のようです。恐らく、別系統の姿、もしくは最終進化を残していると考えた方が良いかもしれません。その内カードや宝石、メダルなどを用いて――》

あんまり深く突っ込まない方が良いような気がした。

なので、話半分で聞いておく。

問題は、これからどう戦うかだ。

《いえ、その必要はなくなりました》

え？　それってどういう事？

「助けを求める声が聞こえる！」

バッタの魔物だった者が、そう叫んで空を飛び、どこかに行ってしまった。

……………ぇぇと。

困惑していると、アドルさんたちがこちらに来る。

「一体今のはなんだったのだ？」

アドルさんも困惑していたので、セミナスさんから聞いた情報を同じように教える。

すると、アドルさんは黙ってしまった。

その間に、インジャオさんに声をかける。

「すみません、インジャオさん。魔物を倒す姿というのを見せる事が出来なくて」

「気にする必要はありませんよ。充分に対抗出来るという事はわかりましたから」

満足してくれたようで何よりだ。

そこで、アドルさんが何かを思い付いたかのように声を上げる。

「よし、決まった。さっきの魔物は新種と言っても良い。なら、名付けが必要だろう。まるで仮面を被ったかのような姿に、あの空を駆ける姿から想像して……『か』」

「待って待って待って待って！」

怖い怖い怖い怖い。

アドルさんの口を塞ぎ、宥める。

たとえ異世界でも、言っちゃいけない言葉ってあるから、ね？

あるから……あるから……。

「か」から先を言わせないように頑張った。

書き下ろし2　動けるからといって、それが備わっているとは限らない

日中、アドルさんとインジャオさん、ＤＤがダンスバトルを繰り広げている。
裏方に徹している俺は、ウルルさんと共に見ているだけ。
凄いなぁ～……よくあんなに動けるなぁ～……。
ちょっとした憧れを抱いて見てしまう。
それが俺の感想。
元の世界のダンスの方が優れているとは思うけど、それは積み重ねがあるからだ。
でも、こっちの世界のダンスはなんか力強さがもの凄くある。
大きい体格だからこその迫力だけではないモノがあった。
そして夜中は、基本的にお休み。休憩。
ＤＤからの、交代で踊るアドルさんとインジャオさんに向けた配慮である。
音楽を奏でる竜たちだけではなく、俺とウルルさんも休む。
誰しもが寝静まった中……俺はふと起きる。
体を起こし、全員寝ている事を確認。

……うん。大丈夫。

起こさないように移動して、この場から少しだけ離れる。

といっても、皆の姿が完全に見えないような位置ではない。

こんな月明りだけが頼りの真っ暗な中、離れ過ぎると迷うかもしれないし、魔物が襲って来ないとも限らないからだ。

……まぁ、竜たちが直ぐそこに居るから、そんな馬鹿な事はしないだろうけど。

でも念のため、周囲を確認。

うん。誰も何も居ない。

一呼吸を吐いて、頭の中に日中の出来事を思い浮かべる。

想像で頭の中に音楽を流し、思い浮かべた通りに体を動かしていく。

アドルさん、インジャオさん、ＤＤのダンスを模倣するようにダンスタイム。

……こう動いて……ああ動いて……ターン。

《先ほどからテンポがおかしいような気がします》

はぅわっ！

思わず叫びそうになったので、両手で口を塞ぐ。

……セーフ。

ちょ、セミナスさん！　いきなり声をかけないで！

《失礼致しました》

あぁ、びっくりした。

まさかセミナスさんに覗かれてしまうとは……。

《マスターが起きている時は、基本的に私も起きていますので》

うぅ……恥ずかしい。

《ダンスの練習をしているのですね》

まぁね。

やっぱり見ていると、こっちも動きたくなるというか、同じように出来るんじゃないかって思ってしまうんだよね。

まぁ、実際はそんな技術はないから出来ないんだけど。

《それ以前の問題だと思いますが？　なんと言いますか、マスターは致命的にリズム感が欠落しています》

そうハッキリ言われるとは……。

でもそれは、元の世界でも詩夕と常水に言われた事。

なんか向いていないんだよね。

そういうのあるでしょ？

《試しに私の指示通りに動いて頂けますか？　戦闘はそれで問題ないのですから、上手くいけば……いえ、やめておきましょう》

駄目だった未来が見えたのかな？

でも、駄目だとわかっていたとしても、ちょっとやってみたい。
どうせ誰も見ていないし、面白そうだ。
《わかりました。では、指示通りにお願いします》
…………………余計に駄目だった。
リズム感も伴わない状態故に、よりぎこちなく、えっちらおっちらって感じ。
セミナスさんはこうなる事が見えていた訳か。
でも、夜中でよかった。
こんな姿を見られたら笑われて――。
『ぶふぅっ』
我慢出来ずに噴き出したような感じの音。
しかも複数。二人や三人分じゃない。
「……全員起きていたなぁ！」
気配でも察知されたのかもしれない。
《だからやめましょうと》
そういう事なら、この結果までを教えておいて欲しかった。

書き下ろし3　自分は気にしなくても、相手によってはこだわる時がある

どうにかこうにかシャインさんに勝ち、そのあとシャインさんが満足するまで鍛錬に付き合わされた日の夜。

体が疲弊しきっているので、直ぐ眠れると思っていたのだが……そうならなかった。

俺用に用意された部屋のベッドの上で横になった時、バンッ！　と扉が開かれる。

現れたのはシャインさん。

「夜這いに来たぞ！　アキミチ」

疲れで重い体に鞭を打ち、俺は窓に向かう。

辿り着く前に、シャインさんに捕まった。

倒され、腕を極められ、そのまま上に乗られてしまう。

「どうして逃げる？」

「身の危険を感じて。あと、貞操の危機？」

「別に構わないだろ？」

「構うわっ！　というか、どうして急に？」

「思い出したからだ」

「……何を？」

「アキミチが言っただろ？　私の寝相が悪そうだと」

「……言っていません」

腕が更に奥で極められる。

「言いました！」

「それを私は否定した。だから、ビットル王国に行く前にきちんと教えてやろうと思ってな」

あっ、嫌な予感。

「私の寝相が良い事を知るには、一緒に寝るのが一番だ。だから一緒に寝てやる。ついでに夜這いだ」

「そこをついでにするのはいけない事だと思う！」

くっ。このままでは不味い。

時にこの体勢は危険だ。

寝る前なので互いに薄着だから相手の体の柔らかさが伝わってそれを考えないようにするのが大変なのもあるけど、最も危険なのは初手を相手に取られ、腕を極められて逃げられないこの状態。

どう考えても俺一人では事態の収拾が出来ない。

つまり、協力者が必要だ。

そしてこの家の中で頼れる人は一人だけ。

グロリ――。

「ちなみに、この件はグロリアも協力してくれている。ここに来る前に頑張ってと私を応援して、友達の家に行っている。これでいくらでも声を出せるぞ」

ちくしょー！　既に先手を打たれたというか、味方がどこにも居ない！

せめてアドルさんたちの誰かが居れば……居れば……いや、誰も手を貸してくれなそうだ。

いや、待って。

まだ居るよ！　味方が！

セミナスさん！

《屈強な女性に無理矢理散らされる華奢な男性という構図……悪くないかもしれませんね》

駄目だ！　何かに目覚めようとしている！

しかし、このままでは打つ手がない。

……違う。そうじゃない。諦めるのはまだ早い！

確かに武力ではどうしようもないけど、まだ人には言葉という武器がある！

「話し合いを要求します！」

「終わったあとでなら、好きなだけ聞いてやる」

何を終わらせたあとかは聞きたくない！

そして一つわかった。

言葉という武器はシャインさんに通じない。

こうなったら、今取れる手段は俺の中に一つしかなく、最終手段だ。

シャインさんが本気じゃないという事もあり、俺は無理矢理拘束を解き、シャインさんと対峙するように立ち上がって構えを取る。

「……ほぅ。その目。まさかここで私と一戦やる気か？」

「あぁ！　これで勝てば問題ない！」

シャーッ！　と襲いかかる。

シャインさんを満足させ、諦めさせる事は俺には出来ない。

でも、その逆というか、自分自身の事ならある程度調整出来る。

つまり、先に俺がダウンすれば良いのだ。

結果……最後の一発は、既に俺が避けきれなかっただけなのか、自ら当たりにいったのかはわからないが、その一発で眠るように気絶した。

………………。

………………。

目覚めると、ベッドの上だった。

昨日の事を思い出して、直ぐに服を確認。

……乱された様子はないので、隣を確認。

「マジか……」

とても綺麗な姿勢でシャインさんが眠っていた。

本当に寝相が良いんですね。
でもこの状況は不味い。
見る人が見れば誤解する事間違いなし。
とりあえずベッドから離れ……ハッシッ！　とシャインさんの手が俺の服を掴む。
起きていたの？　と驚きの表情を浮かべるが……あれ？　シャインさん寝てない？
……スースーと綺麗な寝息。
天性の勘というか、野性の勘とでも言うべきか……。
わかる事は、黙って大人しくしていれば本当に美人だという事。
違う。今はそこを気にするところではない。
今はこの服を掴んでいる手をどうにかして……第六感！
視線を感じ、扉を見る。
少しだけ開かれた扉の奥から、こちらを見る目が一つ……グロリアさん。
「もっとゆっくりしていても構いませんよ？」
違う違う。
シャインさんが目覚めてからも大変だった。

書き下ろし4　NG集

異世界召喚時

何か、教室の中から光が溢れ出ている。

…………………………。

………………化学の実験？

いやいや、そんな馬鹿な。

本当に一体何事だろうと駆け出す。

頼むから、全員無事でいてくれっ！

願いを込めてドアを開け――ガチャン――。

「誰！　鍵閉めたの！」

「用務員！」

「詩夕！　そんな返しは求めてないから開けなさい！」

骸骨騎士と対面時

……………ふむ。なるほど。

つまり、あの森に行って、俺が、お前を、丸かじり、という翻訳で間違いない。

…………………安心出来る要素が一切ないな。

……うん。とりあえず言ってみるか。

「よく考えてみたけど丸かじりはよくないと思うな。あれだよ？　こう見えて骨とか大小含めて一杯あるから、絶対喉にぐさっと刺さる。そうなると大変だよ？　中々取れない上にずっと気になるからね」

「なんの心配してんの？」

相手の心配というか、まだ喋っちゃ駄目な時だから。

初めてのスキルチェック時

三人に見詰められながら、俺は「スキルチェック」と念じ、水晶玉に視線を向ける。

「ＮＯＷ　ＬＯＡＤＩＮＧ」

……………。

「NO　DATA」

どこからか破滅的な音楽が流れる。

「叩き割りたくなるからやめろ！」

対ミノタウロス戦・作戦行動三回目

即座に煙玉を発動させて投擲し、扉を閉める。

開けられないように背中で押し続け……反動がない。

……五分後。

そっと開けて中を確認。

ミノタウロスが倒れていた。

「うそぉ～」

「うっそー」

そう言って、ミノタウロスが立ち上がった。

武技の神登場時

「どうしてって、予言のから聞いていたからだよ。僕を封印から解放してくれるのは、アキミチって名前の子だって」

「予言の？　……という事は」

「そう、ご察しの通り、僕は『武ぎゃの神』だよ」

「………………。」

「……………………。」

「噛み？」

「噛み！」

セミナスの行き先指示

《世界を含め、現状確認出来る部分を全て確認完了。位置、時間、距離から次の目的地を計測。中央を進み、エルフの森に向かう事を推奨します》
……ごめん。もう一回言って貰っても良い？

《俺はスキルに本気で愛を囁く男です》
俺はスキルに本気で愛をさ…いや、違うよね？
さっきと言っている事が絶対違うよね？
《俺はスキルに欲情する男です》
俺はスキルに欲じ……これも違う！
《エロ本の隠し場所は？》
本棚の……じゃない！

竜に乗って出発する前

そう言って、ＤＤが自分の背中を指し示す。
他の竜たちも同じように自分の背中を指し示して、漢の表情を浮かべている。
ウルルさんに向けて。
なので、俺も並んで背中を指し示す。
すると、アドルさんとインジャオさんも同じ行動を取った。
仲間外れは嫌だとＤＤも。
「じゃあ、インジャオで」

愛の力は偉大だ。

シャインとの別れ時

「またな、アキミチ」

「お世話になりました、シャインさん」

シャインさんと握手を交わす。

ガッ、ガッ、グッ、ガッ、ガッ……と拳を突き合わせたり、組んだりしたあと、互いに肩をぶつけ合い、ハーイッ！　とハイタッチ。

「えぇぇ……もうそんな仲？　この数日で何があった？」

アドルさんから呆れたような声が上がった。

あとがき

……えっと、ここは？

「やぁ、よく来たね。明道くん」

どなたですか？

「意外と冷静だね。そうだね……この作品におけるポジションは、正しく『神』」

あっ、もしかして自力で封印を破ったんですか？

「そういう設定だったね。うん。でも違う」

どうやって封印を？　それと、なんの神様なんですか？

「今違うって言ったよね？　あれ？　でもそういう事なら、なんだろう……なんだと思う？」

……え？　こっちに聞くの？

う～ん……え？　いや、でも……さすがに……。

「ん？　ん、ん？　どうした？」

その……ＡＩスキルのセミナスさんが、「面倒臭そうな感じがしますので、消しましょうか？」

と。

「うん。そんな正直に言わなくても良いんだよ？　もっとこうオブラートに包んで伝えてくれるかな？」

もう二度と現れないようにしましょうか？　と。

「うん。なんかオブラートに包まれてないと思うのは、気のせいかな？」

気のせいでは？

「はははははは」

はははは……で、結局ここはなんなんですか？

「言うなれば、作者の部屋」


最初にこの本を手に取って頂き、誠にありがとうございます。

初めましての方は初めまして、久し振りの方はお久し振りです。ナハァトです。

ＷＥＢ版から色々と修正というか、書き足していきましたが、どうだったでしょうか？

楽しんで頂けたのなら幸いです。

更に面白くなったと思ってくれれば良いのですが……。


イラストを担当して頂いた、竹花ノート様。

感謝の言葉しかありません。ありがとうございます。

それでは、アース・スターノベルの皆様、担当のF氏、この作品に関わった関係者の皆様。

そして、この本を手に取って頂いた読者の皆様には感謝の言葉しかございません。

本当にありがとうございます。


また会える日を、切に願っています。

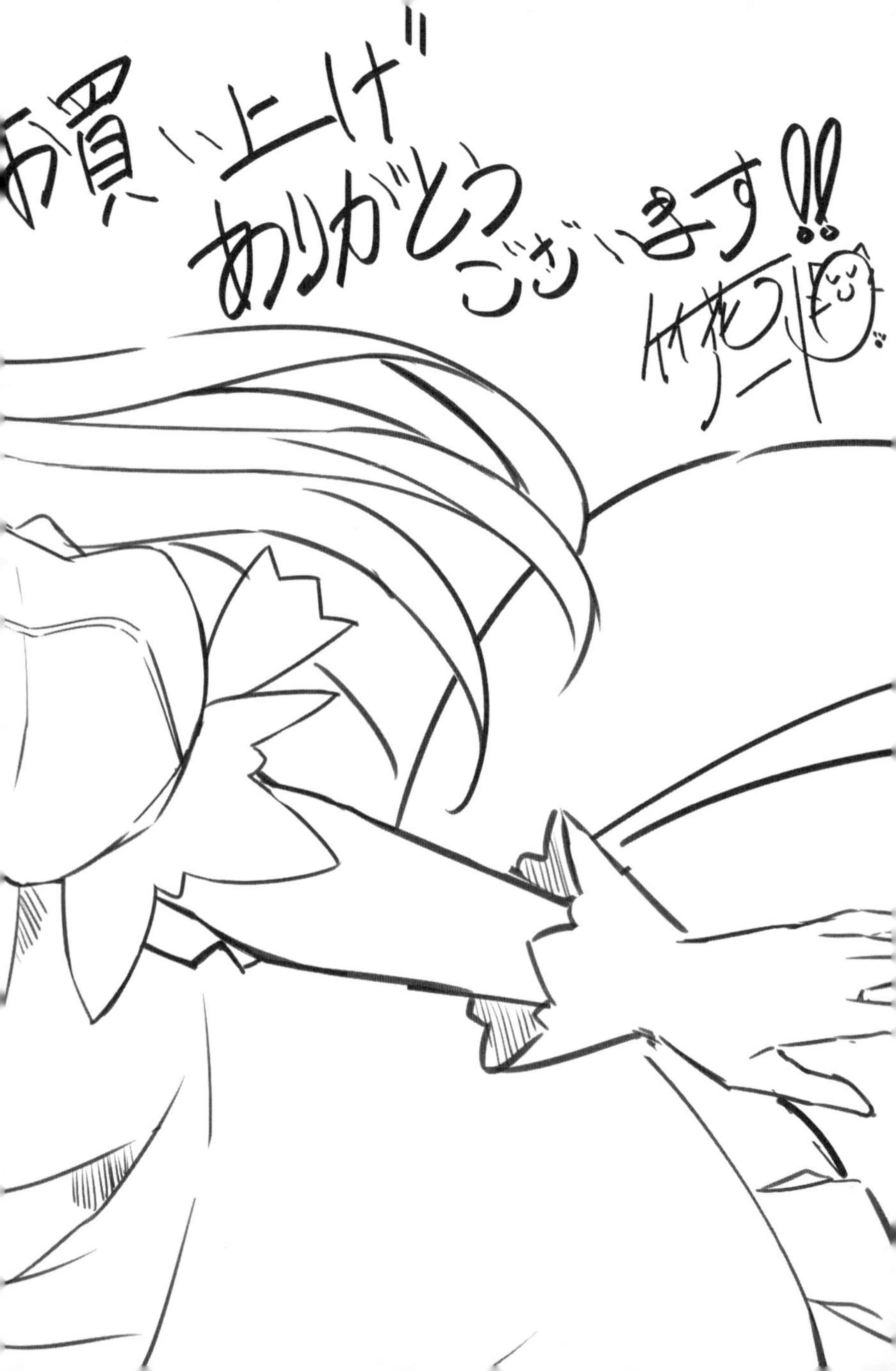
お買い上げありがとうございます!!
竹花ノート

Thank you!

この行く道は明るい道

発行 ―――― 2020年3月14日　初版第1刷発行

著者 ―――― ナハァト

イラストレーター ―――― 竹花ノート

装丁デザイン ―――― 舘山一大

発行者 ―――― 幕内和博

編集 ―――― 古里 学

発行所 ―――― 株式会社 アース・スター エンターテイメント
〒141-0021　東京都品川区上大崎3-1-1
目黒セントラルスクエア　5F
TEL：03-5561-7630
FAX：03-5561-7632
https://www.es-novel.jp/

印刷・製本 ―――― 図書印刷株式会社

ISBN 978-4-8030-1402-0